译文纪实

認知症・行方不明者1万人の衝撃

失われた人生・家族の苦悩

NHK スペシャル取材班

［日］NHK特别节目录制组　著　　石雯雯　译

失智失踪
1万走失老人与痛苦的家人

上海译文出版社

前　言

"三重子，你还认得我吗？"

细弱的声音来自一名男性，似是竭尽了全力挤出的话语。坐在轮椅上的是他身患认知症①的妻子，由于病情的进展，只见她双目微闭，对问话毫无反应。丈夫悄悄地握紧了自己的右手。

此时是2014年5月12日的正午时分。轮椅上的女士名叫柳田三重子（67岁），此前，患有认知症的她出门游荡，去向不明。这一瞬间是她与丈夫柳田滋夫（68岁）时隔7年的重逢。

在群马县馆林市内的一处看护机构内，有一名患有认知症、身份不明的女性在此接受救助。得知这一信息后，我们多次前往取材，并于2014年5月11日播出的NHK特别节目《"认知症800万人"时代　走失的1万人　不为人知的游荡现状》中，对这一事件作了首次报道。节目播出当时，根据观众提供的信息，我们得知这名身份不明的女性很有可能是曾居住在东京台东区的柳田三重子女士。第二天，我们与柳田女士的丈夫滋夫先生一同前往看护机构，确认了这名女性就是三重子。

2012 年一年中，由于认知症或疑似病症导致游荡并走失的人数约为 1 万人。截至同年年末，死亡及失踪者人数合计超过 550 人，以身份不明的状态接受救助的人遍布全国。

NHK 特别节目及一系列的宣传报道所展现的事实，给社会大众带来了冲击。

游荡的结局，可能是死亡，也可能是音信杳然、下落不明。

有些人可能处于周围的人完全不知自己身份的环境下，无法与家人相会，只得在机构接受救助。

这般严重的情况屡见不鲜，并且离我们的日常并不遥远，然而，社会却始终对其视而不见。我们挖掘出这些被埋没、被遗忘的事实，这一问题的严重性才终于得到了社会的关注。

正式的取材工作开始于 2013 年的 11 月。随着由记者和导演组成的取材组的成立，我们开始陆续拜访当事人遗属及看护着认知症患者的家庭。

"为什么找不到呢？每天都像在地狱一般。"

"把人关起来的话就能防止游荡，但我并不想这样做。到底该怎么办好呢……"

不找到丈夫的遗体就无法入眠的妻子。看护着因游荡

---

① 又称痴呆症。由于"痴呆"一词含有侮辱性意味，不利于对该疾病认识的普及，也不利于社会对患者的接受，近几年，一些医务人员和媒体开始使用"认知症"替代"痴呆症"。后文提及，约 10 年前，日本出于同样的理由弃用了"痴呆症"，改用"認知症"。［本书脚注皆为译注］

而屡次走失的妻子并深感苦恼的丈夫。他们所说的一字一句，充满不安、疑问，叩击着我们的心房。

我们也在思索，怎样能够在揭示不为人知的事实的同时，提出合理的解决方案呢？

为此，我们选择了"调查报道"这一方法。

取材开始后，我们立刻注意到这样一个事实：我国缺乏一个公共机关，能够正确掌握失踪者情况，并着手干预同类事件的发生。警察及自治体①虽然会对失踪者进行搜寻，但并不会将各案件的信息进行收集、分析。

以有限的线索为出发点，我们前往各现场进行调查，采访了全国超过400户家庭。向警察、自治体和家庭发放的问卷调查，为我们提供了俯瞰全局的视角。

取材组纵观全局、着眼细节，展现出丰富的事实，让社会为之震动。警察厅、厚生劳动省、全国的自治体已着手应对，并提出解决对策。民营广播及其他新闻机构也开始积极地对相关情况进行报道。

原本身份不明的被救助者，在电视节目播出后得以与家人团聚。观众中也传来了这样的声音：这些事再次体现了"电视的力量"，那便是用画面向更多的人传达信息。

然而，在我们的内心深处，有一种思绪逐渐积聚、无处排遣。在取材的过程中，它始终萦绕心头，挥之不去：怎样的

---

① 日本实行两级行政制，地方政府由跨区域的地方自治体单位"都道府县"和基本的地方自治单位"市町村"两个层级构成。日本的自治体相当于中国的地方政府。

社会，才会在近7年的时光中，都无法确定一个人的身份？

我们亲眼见证了柳田夫妇的重逢，从心底为他们感到高兴。

但是，失去的时间无法重来，当事人也好，家属也好，在这漫长的离别岁月所受到的伤害可能永远也无法愈合。

与妻子重逢的时候，丈夫滋夫先生脸上纵然有笑容，但不知是不是眼前的妻子无法认出自己的缘故，他的表情里深深地印刻着难掩的悲伤与痛苦。

"建设认知症患者也能够安心生活的城市"。这是国家提出的口号，但失踪者们所面对的实际情况摆在眼前，这个目标看来似乎难以达成。然而，这一情况也不能完全归咎于国家。坦诚而言，对于那些在街角孤独死去的人、含泪绝望生活着的人，包括我们媒体业者在内的社会整体，不，应当说是每一个人，都选择了视而不见，这才是导致如今残酷现状的真正原因。

今后，认知症患者人数还会持续增长，这一问题可能会降临到每一个人身上。我们希望，本书能够为防止悲剧的重演贡献绵薄之力。

借此机会，向所有协助我们取材的相关人士致以诚挚的谢意。

津武圭介（NHK报道局社会部 记者）

后藤浩孝（NHK报道局社会节目部 导演）

目 录

第一章
追踪失智失踪者

院子中的一片绿意，被平静的春日阳光细细包围。

2014年4月上旬的一个周日。我们正走访于千叶县内的一处住宅街区。此地是一处典型的新兴城区①，带院子的独栋住家井然排列着。此前我们得到消息，在这里曾发生过认知症患者失踪、死亡的案例。

然而我们所获得的信息只有当事人的失踪日期、性别、年龄及所在地的市町村名及地区名，仅此而已。当事人的姓名及具体地址不明。

我们来到这里的目的是走访相关人士，进行问询采访。采访对象包括自治会长、在当地集会场所聚集的居民、在公园闲聊的主妇们。我们对可能了解情况的人们，提出了相同的问题：

"我们听说，在两个月前，有一名男性认知症患者下落不明，最终不幸过世。请问您知道这位当事人住在哪里吗？"

失踪者死亡的案件绝非小事。我们本以为很快就能够获得相关信息，然而意料之外的是，被采访者都表示毫不知情。

"有这样的事吗？我不知道啊。"

"没有听说过呢。不知道。抱歉啊。"

当场询问可能有些困难。基于此判断，我们决定改变方针，采取彻底排摸的方式进行采访。此地区的人口约为2 700人，约900户家庭。记者与导演划分了各自负责的区域，挨家挨户地按响门铃、调查采访。

问询采访的过程中，居民们最真实的生活状态也在不经意间被我们看在眼里。正在洗车的中年男子、愉快地遛着狗的老妇人、玩球的孩子们。看着他们悠闲度过休息日午后的样子，我们实在难以想象，在这样寻常宁静的日常生活中，竟发生了认知症老人失踪、死亡的重大事件。

是不是我们得到的消息出错了呢？纵然这样的想法不时掠过心头，我们还是抱着不放过一丝线索的执念，继续走访。

采访工作已经开始4个小时了，太阳悄悄挨近地平线，我们到了打算放弃的当口。此时拜访的人家玄关处整齐地摆着盆栽植物，一名身穿运动服的男子应了门，压低了声音告诉我们：

"这里稍微往前走一点，左边那户人家，应该就是那里了。那家人几乎不与邻里来往，家人去世了也没有告诉大家，但我听说似乎是得了什么病以后去世的，你们问的应该就是那户人家了吧。"

---

① 原文为英语"New Town"的外来语。此处指为缓解市区住宅拥挤的状况，在郊区开发的新兴住宅地。

我们又确认了一些相关信息，应该没错了。之前我们刚刚拜访过那户人家，但通过对讲机得到的回答是"不知道"。

　　我们再次按响了门铃。

　　"我们听说，您家中有一名男性认知症患者在失踪后不幸身亡。不知能否打扰您一会儿，了解一下相关情况呢？"

　　然而这次我们得到的，仍然是同之前一样的否定回答：

　　"不清楚。不知道啊。"

　　会不会是搞错了呢？于是我们再次来到了之前为我们提供信息的男子的家，这次迎接我们的是女主人，她也认为我们打听的应该就是那户人家。

　　我们立刻回到那户人家，第三次按下门铃，试图了解相关情况。与前两次一样，通过对讲机传来的是一名中年女子的声音。

　　"我没有什么可说的。我很忙，先挂了。"

　　这一次，她虽然没有否认有家人死亡的情况，但还是没有为我们开门。

　　一年内因认知症而走失的人数达到了1万人，死亡、下落不明的人数超过了550人。现在的日本社会，正面临着严峻的现实问题，我们希望通过展现这些不为人所知的事实，避免悲剧的重演。为了达成这一目的，我们需要尽可能地走访更多的事发现场、了解当事人最真实的心声，这是我们当下最重要的工作。抱着这样的想法，我们全身心致力于开展采访工作。

　　然而，站在认知症患者家人的角度，家里有无患者是一件非常隐私的事，即便患者下落不明或是死亡，过着普通生活的人完全没有接受采访的义务。警方、自治体、看护业者等即使面对我们的直接采访，也不会透露当事人的个人信息。

采访正式开始已经5个月了。那一天，我们再次意识到了挖掘、报道这一问题的难度之大。

65岁以上人群中每4人就有1人是认知症或临界认知症患者

采访开始的契机，是2013年5月30日那天警察厅网站主页上刊载的一则消息。

在一则题为《平成二十四年①失踪人口状况》的统计文章中，有一项对失踪者的失踪原因及动机进行梳理的列表，其中，失踪原因为"认知症或疑似认知症"的人数在全国范围内有"9 607人"，也就是将近1万人。

这一数据是首次以认知症患者为焦点统计得出的失踪人口数。但是，公布这一数据的理由及数据背后的详情尚不明确，公布当时也未引起大众媒体的瞩目。

当时，我们的取材重心并不是警方，而是认知症相关事宜，也正因为此，这一数据引起了我们的关注。

对于现在的日本人而言，认知症可谓是一种国民性的疾病。截至2012年，全国患认知症的老人约有462万人。老年人中临界认知症患者（发生健忘等记忆障碍但并未出

------

① 2012年。

现认知症症状的轻度认知障碍患者）约有400万人。这一数据表明，在65岁以上的人群中，每4人就有1人是认知症或临界认知症患者。

在我们取材组中，也有几名组员的家中有认知症患者。我们关注到这一常见问题，并在医疗、看护等领域以认知症为中心，进行了多种类的取材。也正是在这一过程中，我们了解到了上述数据的存在。

"失踪"并不是医疗及看护工作中常见的词语。一般而言，这一词语常用于因案件或意外导致当事人受害等情况发生之时。

我们的祖父母一辈，也许正默默经受着等同于"案件""意外"的严峻事态，不经意间，这也许已成为常态。为了揭示这不为人知的事实，我们开始了取材工作。

取材的开端，走访看护援助专员

首先，我们对东京都内所有的自治体进行了电话采访。我们想要了解的是，是否有认知症患者失踪后最终死亡的案例。我们想要明确死亡这一严重的情况是否常见，并且希望通过死者家属的描述，为我们的采访打开突破口。

然而，许多自治体给予的答复都是"没有""不知道""不清楚"。事实上，地方自治体即便设有负责认知症的部门，因认知症而失踪的人口也并不在他们的正式管辖范围内。失踪的老年认知症患者大多是从自家走失的，自治体也只有通过当事人家属的描述才能了解相关情况。这就意味着，如果当事人家属未告知有关部门，不少自治体便不会对这些案例进行整理和统计，这就是我们了解到的现状。

即便如此，还是有若干自治体的负责人向我们提供了过去3年间认知症患者失踪并死亡的案例。

不知是否能向死者家属了解情况呢？我们将写有取材目的的信件寄给自治体的负责人，请他们转交死者家属，然而我们收到的都是拒绝的回复，家属均表示"不想接受采访"。

果然，信件并不能有效传达我们的想法，我们需要与死者家属见面，直接表达我们的采访意图。东京都内的自治体虽然能够告知我们有相关案例存在，但并不能成为采访的中介。于是我们决定在案件发生的地区，独立寻找死者家属。

为获得线索，我们走访了看护援助专员，他们会根据当事人家人的要求及具体情况，制订必要的看护计划，并与相关事务所进行协调。为当事人使用看护保险、制订看护计划的看护援助专员，掌握了众多因居家看护而苦恼的人们的信息。我们认为，若能见到认识死者家属的人，或许就能获得采访的机会。

"听说在这个地区有人因认知症而失踪并最终死亡的案例。我们理解这是当事人的个人隐私，但为了避免悲剧的重演，我们想要将这一严峻的现实传达给更多的人。在未征得死者家属同意的情况下，我们绝不会在节目中播出案件。请问您有相关线索可以提供给我们的吗？"

我们列出了16家有看护援助专员工作的事务所，逐一走访，提出以上问题。然而，并没有得到有用的线索。在一家事务所内，工作人员聚在一起一边小声说着"不就是那件事吗"，一边朝我们这儿打量，似乎是知道些什么的样子。但是，当时在场的社长不断表示"没听说过"，我们没能得到任何具体的信息。

在我们走访到第12家事务所的时候，终于得到了线索。在那里工作的一名经验丰富的看护援助专员告诉了我们一家看护事务所的名字，并说道：

"你们再这么走访下去也很是辛苦，我就告诉你们吧。但是，你们必须更加慎重行事。现在业内已经有传闻了，说NHK正在采访。对于看护援助专员来说，自己负责的患者失踪且最终不幸去世，就算他们自身并没有责任，那也不是能够轻易启齿的事，其他人也不会透露的。"

我们立刻赶往那家事务所，但要寻找的负责专员不在办公室。为取得进一步联络，我们递上了名片，不多久，事务所的社长给我们打来了电话。社长表示，如果匿名的话可以接受采访，但负责的专员现在不在，我们需要再稍等片刻。正当我们在车站前的咖啡店打发时间的时候，电话再次响起。

"负责的专员还是觉得难以接受采访。这是一个重要的问题，我们也明白你们的取材意图，但是这次实在帮不上你们了。"

不管我们问什么，对方都强调"总之不能说"，无可奈何之下我们只得放弃。

那时候，距离我们开始寻找死者家属已经过去了2个月时间，但是我们还未能寻找到一位愿意接受采访的知情者。取材工作与日常业务并行，见缝插针地进行着——有时一天打个5通电话，有时第二天一早去向相关人士了解情况。

工作就这样继续着，这次的取材真的能顺利完成吗？我们完全看不到未来的方向。

误入民宅用地后冻死
——吉泽贤三·76岁

2013年11月下旬，我们终于得以与死者家属进行交流。这户人家居住在位于东京都西南的稻城市的一处住宅区。

稻城市的人口为8.6万人。距离东京市中心25公里，就通勤来说远近适宜，因而此处正积极推进住宅区的开发，稻城市以首都圈郊外绿意盎然的自治体为人们所熟知。

同时，稻城市也因其对看护及社会福利的重视而闻名全国。对于因认知症而下落不明的老年患者，若家属希望的话，该市能够通过"灾害信息短信"号召市民提供失踪者的信息。

我们找到死者家属的契机，正是2012年3月发出的灾害信息短信的内容。

"居住在○○的76岁男性，于昨天（26日）下午6点左右从自家走失，下落不明。失踪者身高160厘米左右，身穿绿色上衣、黑色运动裤，着凉鞋。若有知情人士，请与我们联系。"

"○○"的部分交代了具体地区名称。虽然这则启事中没有表明这名失踪的男性患有认知症，但我们从有关人士处获得了确切的信息，该男子失踪的原因正是认知症。

循着这一具体地区名称，我们开始了彻底的调查采访。街区的商店、地方集会场所、报纸配送点，凡是可能有消息传播的地方，我们都一一走访。

大约一周过后，我们查明了该男子的尸体被发现的地点。在对附近的住家进行逐一走访的过程中，我们还遇到了知晓死者家庭情况的居民，获得了死者家的地址。

我们来到一处茶色外墙的二层住家前，按下门铃后，房门被打开了，我们被允许进门拜访。只见简朴而井然有序的客厅内，正摆放着死者的遗像。我们双手合十，为死者祈福，随后，我们转身面对死者家属，陈述了此次取材的宗旨和内容。死者的女儿默默地听着，表示了理解。死者的妻子也表示"希望能为取材尽一份力"。

接受我们采访的是死者的妻子吉泽真由美女士（74岁）及其女儿裕子。随着采访的展开，母女二人完完整整地向我们讲述了事情的原委。

男子名叫吉泽贤三，享年76岁。去世前半年左右，贤三患上了认知症。

贤三从家中走失的时间是2012年3月26日下午6时许。家人一不留神，他便不见了踪影。

与贤三相伴了49年的妻子真由美说，当时自己到一楼的房间待了15分钟左右，回到二楼的客厅时，已经看不到贤三的身影。

"我立刻就知道丈夫不见了，于是急忙跑出家门。以往丈夫出了家门后，总是直接沿着右边的路走，顺着那条路就能找到他，但是那一天，无论如何都找不到。丈夫不是第一次走失了，以前总能顺利找回来，因此我怎么也想不到这一次他竟然会丧命。"

贤三开始出现认知症的症状，是他因肺炎住院、出院、体力恢复以后的事。据悉，贤三游荡的症状相当频繁，几乎每天一到傍晚，他就想出门。

退休前，贤三的工作是幼儿园的校车司机。因此，他一看到公交车经过窗外便会嚷嚷："那是我的车，我得去开车了。"接着就要出门，真由美总要费上很大的劲劝阻他。

此前，贤三走失过两次，但很快都被平安找回。因此家人原本以为这一次也不会有什么意外。

然而，这次却怎么也找不见贤三的踪影。太阳落山已有约20分钟，夜色渐浓。真由美与一同居住的女儿裕子、外孙一起，在附近寻找贤三。

"有人在吗，请帮帮忙！"

为寻求帮助，一家人来到了附近的派出所，边敲门边大声呼叫，但是无人应答。随后他们向正巧路过的警察说明了情况，还联系了消防队前来援助。附近的邻居们也赶来帮忙，开着汽车或骑着摩托车，彻底搜寻周边所有的道路。

然而，无论如何都没能发现贤三的身影。这天的夜间气温低于3摄氏度，可谓严寒。在这一片黑暗中，搜索也已无法开展。一家人只能暂且回到家中，一边等待着警方的消息，一边度过这难熬的一夜。

天色一亮，大家便又开始了寻找，但是仍然没有发现任何线索。女儿裕子前往多摩中央警察局，完成了失踪申报（搜索申请）的手续。

"警方告诉我，他们不可能派专人去寻找父亲。我还询问了能否派警犬帮忙寻找，他们表示这并不是一起案件，拒绝了我。"

此后，直到发现尸体为止的3周时间里，吉泽一家人的心一刻都未曾安定。

"今天怎么样了？今天发现什么线索了吗？"

贤三的妻子真由美每天都向警察局打电话，询问搜索进展。

女儿裕子在孩子的帮助下，制作了手写的传单。为了尽快完成，传单上贴了贤三的正面照，其余服饰的部分都用手绘的形式表述。

贤三出走时上身穿了一件薄薄的绿色衬衫、脚着凉鞋，装束轻便。他身高160厘米，体重62公斤。传单上还描述了贤三的其他特征："由于牙齿正处于治疗阶段，下排只有三颗牙齿。"

裕子挨家挨户拜访了周边的便利店、商店，让店家帮忙张贴传单。她还向公交车公司及出租车公司寻求帮助。

为寻找贤三，一家人去了无数的地方。竹林、梨田、葡萄田、河边的堤坝、建筑工地、微微高起的悬崖。一想到有可能的地方，家人们便立刻从家中飞奔而去，赶到地点后四处搜寻，仔细观察是否有人倒地不起。

一家人还考虑到贤三有可能以身份不明者的状态被送往医院，于是在朋友的帮助下，他们向附近市町村的急救医院致电问询。院方表示："无法在电话中给出答复，家属亲自前来的话我们可以当面给予答复。"于是真由美和裕子坐车赶往医院，寻找贤三的下落。

然而，他们未能获得任何有用的消息，贤三依旧下落不明。

渐渐地，真由美夜间无法入睡，依靠安眠药才得以在沙发上小睡，每天都过得非常痛苦。

"那时候真的感觉每天都是地狱。一想到如果就这样找不到贤三的话该怎么办才好，我的内心又会产生一定要找到他的念头。我心里想着不能就这样与他告别，究竟为什么会变成现在这样……那时候，我一心想着要尽快找到贤三，无论如何要找到贤三。"

裕子的内心产生了放弃的念头，但又仍然存有一丝希望。

"当时我想着，都已经这么努力地找了，为什么依旧找不到父亲呢？总之还是努力思考有可能的地方，已经找过一次的地方也再去看看……我想着有可能之前疏忽了没发现，于是一遍又一遍地寻找。虽然我也深感自责，但是想到最为自责、痛苦的人是母亲，我便没能将自己的心思说出口。几天过后，我觉得已经没有希望了，但又不禁想着父亲可能还活着，正待在某处。"

除了认知症以外，贤三之前就患有慢性病，需要定时服药，药效失去后，他会难以发声和行动。因此，在贤三失踪几天后，他生还的可能性非常低。家人深知这一事实。

即便如此，贤三会否在某处获得了救助、保住了性命呢？家人们抱着这样的希望，继续过着绝望的每一天。

在贤三失踪的3周后，4月16日这一天，警方来电，称发现了疑似贤三的遗体。

接到消息后的真由美直奔太平间，却被警官阻止了："遗体的腐坏程度较高，还是不要看为好。"但是，真由美表示，哪怕是见一面也好，最终看到了遗体。一瞬间她便认出了贤三。死者所佩戴的手表、凉鞋也确认是贤三本人的。

说到这里，真由美的眼里不由得噙满了泪水。

"我只是觉得贤三好可怜，最后怎么会变成这样呢。我只是一个劲地哭，无法思考，我只想知道他到底为什么会死呢？为什么没有被人找到呢？我的内心充满了这样的疑问。"

贤三被发现的地方，是距离自家500米左右的一处民宅用地。此处位于河边，道路没有被隔断，也许正是这个原因，贤三才会误入此处。

此地杂草丛生，形成了视觉盲区，居民平时也不会到这里来，贤三的尸体是被偶然前来修理屋顶的工匠发现的。

尸检的结果显示，贤三的死因为"冻死"。女儿裕子说，自己清楚地记得曾经前往那处民宅前的道路寻找父亲。

"终于与父亲见面了，但是没能早点找到他，很想对他说一声对不起。"

"每天如同生活在地狱之中"的家庭

贤三家人饱含泪水的话语令我们感到无比压抑。

每天如同生活在地狱之中。

"地狱"这个词平时很难听到。这一表述切实地体现了吉泽一家在平静的生活中所面对的突发事态的严重程度以及所承受的痛苦之大。

谈及贤三的性格，妻子真由美和女儿裕子这么告诉我们。

"我的丈夫平时从不生气，非常温柔。就算是患上认知症以后，他也仿佛是变成了两三岁的孩童一般，我并不因为丈夫的病而感到烦恼，反而常常会看着他的举动露出微笑。我的丈夫真的是一个做事认真、体恤他人的人啊。"

"父亲不愿意表现出自己的弱势，康复训练也是独自默默地完成。他真的是一位温柔善良的好父亲。"

挚爱的家人因突如其来的事件，被生生从身边夺走。

然而如今，这样的悲剧正在全国各地接连发生。我们问道，对于这一情况有什么想法？真由美闻言拭去眼泪，考虑了几秒钟后，用坚定的口吻回答道：

"一个活生生的人，失踪、死亡，这对于家人来说是异常痛苦悲伤的事情，我希望这样的事再也不要发生，我不想看到悲剧重演。在丈夫去世前，我不曾关注这方面的消息，但这次听说全国范围内都有相似的事件发生，我也不禁想，其他的家属是怎样的心情呢？"

为了防止悲剧的发生，我们该怎么做才好呢？我们把在吉泽家听到的一言一语记在心中，全力投入取材工作。

目前尚无公共机关能够掌握失踪认知症患者的情况

失踪的结局，是失去性命。

通过对吉泽家的采访，我们窥见了这一现实问题的严重性。

但是，为了进一步了解这一问题的规模和严重程度，我们需要立足全局。然而我们手头的信息仅有警察厅公布的每年失踪者人数近1万人这一项数据而已。

我们一边走访现场、直接采访当事者，一边继续开展对警察厅的取材工作。结果显示，2012年的失踪者人数为9 607人，死者数量达到359人。同时我们也了解到，目前有关部门已对各都道府县的失踪者数据作了分析。但是除此之外的详细信息，不得而知。我们不断向警方询问是否能够提供经过详细分析的信息，然而得到的都是"不便告知"这般冷淡的答复。一位警官向我们表明了内情："认知症患者的失踪事件并非案件或意外，对于警方而言并不是重要的事件。"

以目前的制度而言，发生认知症患者失踪的事件后，家属除了报警之外别无他法。面对不断发生的事件，自治体也没有权限干预。也就是说，即使每年有近1万人下落不明，目前也没有任何公共机关能够正确掌握实际情况、分析对策。如果能够对每个案例的信息进行收集和分析，了解失踪者的情况与事件原委，不就能够总结经验教训、防止相似的事件再次发生吗？我们希望通过报道，展现失踪者的实情，同时总结经验教训，尽可能防止老年患者死亡的案例再次发生。

在定下主要方针后，一道障碍仍横在面前：怎样找到因认知症而走失的案例的当事人？为此，我们决定从两个方向采集信息。

一、以全国失踪者登记数量最多的大阪府内的自治体为中心进行取材。

二、以老年认知症患者相关的铁道口事故的新闻报道、搜寻失踪家人的网络文章等为线索进行信息采集。

在收集得到零碎的信息之后，我们便前往现场走访调查。如此这般在上班之余见缝插针开展取材工作，我们一步一个脚印地埋头走着，某一天，突然迎来了重大突破。

300名失踪者的名单

随着取材工作的展开，我们得知，某一都道府县正采取全国少见的解决对策。

一般情况下，在发生人员失踪案件之时，当地的市町村在接到家属的申请后，会在附近的市町村部署搜寻工作。该都道府县为对搜寻工作进行支援，代行了大量筹备工作。也就是说，除警方之外，我们找到了另一家组织机构，正在对失踪者的姓名及年龄、是否患有认知症等信息进行收集整理。

从结论而言，我们成功地从该都道府县获取了其收集的失踪者信息。取材来源不便透露，总之，我们一点一点地获得了消息。我们手头上有一份约300人的名单，包括死亡案例、至今下落不明的案例，并且还包括当事人最终被平安找回的案例。当时是2014年2月，距离取材开始已过去了4个月时间。

名单上记载的不仅有当事人的姓名及住址，还有失踪的日期及地点。对于当事人被平安找回的案例，还记载了当事人被找到的日期和地点，仔细阅读后，我们发现，在这些案例中，大多数当事人都是在失踪几天之内被找到的。这份名单成为了我们取材工作的重要突破口，于是我们的取材组也由原先的2名成员增加到了8名，我们决心，对这约300名失踪人员进行彻底的调查。

丈夫失踪，不想告诉任何人
——长谷部武俊·75岁

2014年1月，我们来到了位于东京板桥区的高岛平住宅区。

此处为经济高度增长期①内建设的国内少数的大规模住宅区，老龄化比例已超过了40%。

在300人的名单中，包括居住于此的一名男性的名字。

长谷部武俊，75岁。2013年7月下落不明，12天后，他的遗体被发现。

虽然采访对于我们来说是日常工作，但初次拜访当事人时，我们仍感到紧张与不安。站在玄关前，我们想象着，接下来见到的人是怎么样的人呢？哪怕是有一点小小的提示也好啊。在这样的集体住宅区内，能为我们提供一些居民线索的就是信箱了。能确认名牌的话，至少可以避免找错采访对象。我们有着这样的习惯，通过观察当事人的信

---

① 1955—1973年。18年间日本国民生产总值（GNP）增加了12.5倍，人均国民收入增长10倍多，年均增长9.8%。

箱，看一看有没有装防盗用的挂锁、信件是否很久没取，随后一边在脑海中想象着采访对象的样子，一边按下门铃。

只见当事人的信箱上插着写有"长谷部"字样的名牌。也就是说现在此处也有当事人的家人居住。我们拾级而上，按下了当事人家的门铃。

"你好，我们是NHK的……"

我们想要提出采访的请求，但不知何故难以开口。

"我们正在对认知症老人的问题进行采访……"

门被稍稍打开了一些。

我们告知了来访目的之后，站在门另一侧的女性脸色瞬间暗淡了，她微微颔首。

果然，当事人已经去世了。

这名衣着干净整洁的女子也许就是武俊的妻子吧。

面对我们的突然来访，她也许是回忆起了事发当时的情形，她捂着嘴的手正微微颤抖。虽然没有言语，但我们能够感受到此刻她内心的悲伤。此前我们也曾就案件或事故进行过调查采访，但采访死者家属总是令人心痛。

"能稍微请教您几个问题吗？"

我们狠下心来，提出了采访的请求。

这名女子表示，家里有些乱，若不介意的话请进。她正是长谷部武俊的妻子，伊纱女士（75岁）。

伊纱与武俊于1969年结婚，此后一直居住在高岛平住宅区。15年前，武俊从东京的一家公司退休，独生子也已独立，夫妻俩便开始了二人生活。约4年前，一直安享晚年的武俊出现了认知症的症状，他会反反复复问孙子的名字。

去附近的医院就诊后，得到了疑似认知症的诊断结果。最初，武俊一边接受看护服务，一边正常生活，但是随着症状的恶化，有时武俊会在夜间发出似是恐惧的叫声。医生告诉伊纱，这是路易体认知症①的一种症状，患者会出现幻视，看到本来不存在的东西。

一天，夫妻俩前往附近的药房买东西的时候，武俊失踪了。出了住宅区，仅隔了一条马路，便是药房的所在地。当时伊纱正走在斑马线上，信号灯快要变成红灯了，于是她急急忙忙地过了马路。回头一看，武俊正在等信号灯。伊纱放下心来，进入药房，取完药后，她看向窗外找寻武俊的身影，才发现武俊不见了。一切都发生在短短的几分钟之内。

此前，武俊有过两次走失的经历，都被警察在附近发现，得到了救助。因为那两次都发生在自家附近，伊纱想着，这一次一定也不例外，于是她径直赶往派出所寻找武俊。但是，这一次武俊真的失踪了。

武俊失踪过后12天，伊纱接到了警方的电话。她得知，在自己报警后的第二天早上，武俊的尸体在流经附近的荒川河道内被人发现。发现尸体的是河对岸的埼玉县，县警与警视厅之间的交流不利，因而未能及时告知。荒川，正是夫妻俩一直散步的场所。

从武俊失踪到得知他的尸体被发现的这12天里，伊纱

---

① 路易体认知症（DLB）是最常见的神经变性病之一，其主要的临床特点为波动性认知功能障碍、视幻觉和类似帕金森病的运动症状，患者的认知障碍常常在运动症状之前出现，主要病理特征为路易体（Lewy body, LB）广泛分布于大脑皮层及脑干。

没有向附近的邻里透露过半句丈夫失踪的消息。究其原因，伊纱痛哭失声："我不想告诉任何人。不想给别人添麻烦。"面对因我们的贸然提问而情绪失控的伊纱，我们不知该如何安慰，于是将视线转向了隔壁的起居室。我们的目光停留在了佛坛内摆放着的遗像上。照片上的武俊表情柔和，是比较年轻时照的相。

"您丈夫生前是个温和的人吧。"

循着我们的视线望去，伊纱立刻明白过来，这般答道："嗯。但是他的照片也只剩这么一张了……"

我们没懂伊纱话中的含义，她便径自向我们讲起了照片的故事。

过去，当夫妇俩出去旅行的时候，武俊经常会在旅行地抓拍各种照片。武俊死后，在整理他的遗物的时候，伊纱意外地发现了许多被涂黑的损坏了的照片。而且，每张照片仅有武俊的脸被涂黑。

看着一张张被涂黑的照片，伊纱感到羞愧。丈夫是不是因为自己得了认知症而无法原谅自己呢？而她竟然未能察觉丈夫的心情，她有愧于自己妻子的身份。时至今日，看到那唯一一张未被损坏的照片，伊纱仍不禁流泪。

事实上，在武俊失踪的那一天，伊纱曾带着武俊拜访了东京都内的专科医生。由于武俊频繁出现幻视症状，还时常因走失而麻烦警察，伊纱便带着他找医生咨询。如果更早就诊的话也许能防止悲剧的发生……伊纱不断地责备着自己。

认知症已被称为国民性的疾病。但是，我们该如何应对呢？要建立帮助认知症患者及其家人的体制，仅仅依靠零星的信息是完全不够的。

因为武俊失踪一事，伊纱与警方、看护工作人员以及住在中部地区的长子取得联系，但武俊的尸体被发现前的12天时间里，伊纱是以怎样的心情在等待着丈夫的消息啊。一想到这里，我们就感到揪心的疼痛。

希望能够预防悲剧的重演。虽说我们是抱着这样的想法开始取材工作的，仍不免为事态的严重性深深震撼。就这样，我们结束了对伊纱的采访，离开了寒冬中的住宅区。

每天生活在痛苦中的失踪者的家人
——小川文子（化名）·73岁

为切实了解认知症患者失踪的真实情况，我们决定，在开展对死者家属的取材工作的同时，也要去了解那些处于失踪状态的人及其家人。生死未卜的失踪者的家属们，该是怎样复杂的心情啊。与死者家属不同，他们承受的痛苦又是另一番滋味，我们认为这其中有值得传达给更多人的东西，于是开始了进一步采访。

在失踪者持续下落不明的情况下，家属会独自制作寻人启事，呼吁群众提供线索。我们时不时在网络上搜索相关信息，发现了这样一份寻人启事。启事上印有两张照片，描述了失踪者所穿的服装、失踪当时的情况，并附有电话号码。

● 寻人　小川文子（化名）73岁　对自己的名字

有反应，但无法表述

- 着黑色上衣、红色裤子、黑色鞋子，手持紫色拐杖（带有名签）
- 平成二十五年[①]十一月二十四日下午，离家走失
- 患上认知症以后，不愿待在人多或是吵闹的场所

我们立刻致电家属，并约定了见面的时间。

2014年3月2日。我们前往小川文子曾居住的位于神奈川县相模原市的住宅。从最近的车站步行十分钟有余，我们便看到了所要找的住家，它位于街区的一角。

走近玄关，我们的目光被各种事物吸引。只见右侧的门柱上，正张贴着小川文子的寻人启事。内容与我们在网上看到的大致相同，为了防止被雨水淋湿，传单被套上了透明的罩子，还绑上了塑料绳以防掉落。

我们感受到了坚持寻找文子下落的家属们迫切的心情，心中一震。

"麻烦你们特地前来。"

小川文子的丈夫洋一（化名，74岁）一边说着，一边招呼我们进家门。

过去，洋一、文子，还有他们的二儿子，三个人共同生活着。

约一年半以前，妻子被确诊患上了阿尔茨海默型认知症。此后，症状不断加重，文子连自己的名字都说不出来了。

---

① 2013 年。

即便如此，文子行动自由，时常会在家附近独自散步，也会按时回家。

文子失踪的那一天，洋一正在打理院子。结束劳作后，他回到家，却不见本该在家中的文子的身影。

"已经傍晚了，但文子还没有回家，我很担心，于是联系了警察。以前文子也曾被警方救助，带到派出所去，那时候并无大碍，因此那天我也没想到文子会真的失踪。"

文子失踪的那天，洋一一整晚都在等警方的消息，然而没有任何动静，此后也一直没能找到文子的下落。

几天后，洋一和孩子们一起制作了寻人启事。得到允许后，寻人启事被张贴在居委会的告示栏、便利店等处。洋一说，自己还亲自前往当地的派出所，拜托工作人员将寻人启事张贴在派出所。

"警察对于非案件的事件并不重视。我亲自赶去向警方了解情况已不下十次，如果我不主动找他们的话，他们不会告诉我任何消息。"

一周后警方收到一则目击情报，称文子失踪当日，曾有人看见她往车站的方向走去，但是文子此后的行踪仍然不得而知。

至我们采访为止，文子已经失踪3月有余。洋一的声音里透着一股无力感：

"我觉得文子可能已经离开这个世界了。她是不是去了附近的湖边呢？还是去了别的什么地方呢？我完全没有头绪。"

自洋一与文子结婚以来，已过去了约50个年头。一路走来，他们的生活充满了各种艰辛，即便在患上认知症后，文子还是承担了做饭等大多数家务活。

洋一从事着驾驶小型汽车配送货物的工作，没法一直陪伴文子，但他没有选择将文子送往看护机构，而是在白天将文子托付给日间看护中心，其余时间由自己居家看护。

在洋一接受采访的这间起居室内，有一张被炉，一旁的拉门上贴着七张文子在日间看护中心时拍的照片。照片上的文子或是兴奋地唱着卡拉OK，或是由工作人员带着，享受外出时光。

从贴着的这些照片中，我们能感受到洋一对长久以来携手相伴的妻子的深刻感情。

洋一带我们来到文子的房间。文子的被褥、衣服仍然保持着失踪前的原样。洋一表示，自己还是无法就此放弃。

"我恳切地希望，能够早日找到文子。如今的我只有这一个愿望了。"

洋一不停地重复着这句话。

那么，文子的其他亲人又是怎样的心情呢？我们征得了长女启子（化名）的同意，对她进行采访。我们与启子在一家家庭餐厅见了面，她告诉我们："现在还是在等待消息。"并且表示，对于母亲的生死，自己的心情非常复杂。

"不可思议的是，有时候我会梦见母亲还健健康康地活着。我会这般想象，母亲正住在哪家医院中，健康地过着每一天。但转念一想，母亲也有可能已经孤独地死去了……每一天，我都翻来覆去、东想西想。"

文子是不是已经去世了呢？她有可能在某处得到救助

了吗？家属们抱着复杂的心情，循着微弱的希望，惴惴不安地过着每一天。

当我们对文子的丈夫、女儿提出采访请求的时候，他们接受了采访，并表示："没问题。节目播出后我们也许能得到一点文子的线索。而且，像我们家这样的情况在全国范围内还有很多，有必要让人们了解可能面对的局面。"

然而，最终，我们没能进行拍摄。在采访过后的第二天，文子的遗体被发现了，与我们采访的时间之近实属偶然。发现遗体的地方是距离文子家约5公里的高尔夫练习场后方，具体死因不明，但根据DNA鉴定的结果，确认是文子本人无疑。

"因为刚跟你们聊过，所以我觉得有必要告诉你们一声。虽说这个时间点非常不可思议，但是总算是找到母亲了。"

当女儿启子告诉我们文子的遗体被发现的消息时，电话那头传来的，似乎是一种无以表达的释然。

2年过后依旧下落不明
—— 高桥艳·87岁

在取材过程中，我们找到了一对姐弟，他们的母亲于2年前失踪，姐弟俩至今仍在苦苦寻找母亲的下落。

"我还没有放弃。还没有证据能证明母亲已经去世了……"

我们照着在网上看到的寻人启事上的电话号码打过去，当事人的长子高桥茂（58岁）这般告诉我们。茂至今还在制作寻人启事分发给邻里，希望能获得一些线索，但目前还一无所获。他叹着气告诉我们，母亲失踪后，警方及消防队都立刻进行了搜索，但时至如今，只有家属还在继续寻找母亲了。茂提出愿意接受我们的采访，希望借此机会尽可能得到有用的线索。虽然只是在电话上交谈，茂却将这些情况一股脑儿地告诉了未曾谋面的我们，可见当事人家属所面临的局面之严峻，以及他们无处求助的无助。事发前，高桥艳（时年87岁）与家人过着怎样的生活，为何没能预防失踪的事件发生呢？为了解具体情况，我们赶往了位于秋田县的横手市。

　　3月，冰雪尚未完全消融，天气之寒冷令人诧异。我们来到一处种植水稻的村落，在一户独栋住家门前停下了脚步。按下门铃后，一位身形娇小、肤色白皙的女性为我们开了门。她正是失踪的高桥艳的长女草薙美惠子（61岁），她从8年前就与母亲共同生活，一直负责照顾、看护母亲。与我们通电话的茂是美惠子的弟弟，他居住在距离此地车程15分钟的地方。关于艳的看护事宜，是姐弟二人共同商量后作出的决定。

　　步入玄关后，我们注意到一辆老年助步车（老年人使用的手推车）①。

　　"这辆助步车是谁在使用呢？"

　　"是我的母亲。买来时母亲非常高兴，经常会推着出门。母亲推着助步车出门时，经过门槛总会发出'咔嗒'

---

① 腿脚不便的老年人步行时使用的手推车，可用来放置物品、坐下歇脚。

一声，我便知道母亲出门了，但那一天，母亲出门时没有推助步车……"

助步车上贴着写有姓名、住址、联络方式的纸，万一艳迷路了，人们也能知道她的身份。

当时87岁的艳，在事发3年前患上了认知症。虽能够与人交流，但她有时会想不起来刚刚发生的事，有时会反复做同一件事，诸如此类的认知症的症状都会发生在艳的身上。即便如此，对于喜爱打扮得漂漂亮亮外出散步的艳来说，每周去一次的日间看护中心让她乐在其中。

在艳失踪的2012年5月11日这一天，她如往常一样，一大早便独自外出散步了。邻居看见艳在自家附近散步，那便是最后的目击信息。当时300名警察、消防队员在艳家方圆7公里的范围内进行了搜索，但未发现艳的下落，随后以案件的可能性低为由，搜索在3天后中断了，此后仅有艳的家人继续寻找着艳的下落。

"终止搜索后，我的内心充斥着空虚、无力感，止不住地流泪。作为女儿，我希望警方能继续寻找母亲，但是我也不好意思再麻烦他们了。我只能安慰自己，这是没办法的事吧。"

美惠子领我们进了家门，我们一眼便看到佛堂内摆放着的艳的照片，照片上的她笑容满面。相框摆放的位置并不是佛坛上，而是桌子上。

"母亲至今生死不明，因为她还不是故人，所以就没有把照片放在佛坛上……但是为了表明我们从未将母亲忘却的思念之情，还是想把她的照片摆出来。哪怕母亲已经去世了，如果事实明确，我们也可以为她举办葬礼、做法事……话虽如此，因为悬而未决的事情而痛苦，便想着要尽快有个明确的结果，这样的想法，作为女儿来说是不是过于冷酷决绝了呢？我感到非常痛苦……"

我们一时找不到合适的话语，便说道："照片上的艳女士笑容真温暖美好啊。"美惠子微微笑道："母亲是个很坚强的人。过去总是一边支持着父亲，一边细致地呵护我们成长。任何时候都不会说别人的坏话。"她自豪地向我们讲述艳的为人。

艳的房间至今仍保持着失踪时的原样。

床上铺着电热毯，床单的褶皱、枕头的凹陷一如当时，艳仿佛未曾离开。这间房间的时间，仍然停留在2年前。将房间原封不动地保留至今的美惠子，想必也一直生活在2年前的时光中。

至今，美惠子每天还会烧艳的饭菜，自己吃饭时，就把艳的那一份摆在身边的位置上。美惠子说，这一举动是效仿"阴膳"——为祈祷旅行或出征的家人平安，在每日餐时供给的饭食。

"每餐供给母亲的饭食只有半份，像过家家一样。但包含了我希望母亲平安无事的心愿，以及，即使母亲已经去世，我也想要为她准备餐食的心情。找到母亲后，我想要带她去她最喜欢的澡堂，还想要给她盛饭添菜。"

随着采访的展开，美惠子断断续续地向我们表露了她内心的痛苦与挣扎。

"其实，母亲在失踪之前，也曾有过几次外出失踪、我们四处寻找的经历，但每次都顺利找回来了……我怎么也没想到，母亲竟会真的失踪……"

据悉，艳从失踪前约3个月开始，瞒着美惠子独自出门的次数变多了。因此，美惠子决定将母亲每周前去日间看护中心的次数由1次增加至2次。她觉得，增加母亲所喜欢的日间看护中心的生活，应该能够减少游荡的情况吧。即便如此，艳的症状还是加重了，甚至还出现了半夜外出的情况，美惠子感到，这样下去她很难继续独自照顾母亲。

但是，美惠子没有向任何人诉说自己所面临的难题。

"邻里间，还有人在看护情况更严重的父母。我一直都在家，如果还把母亲送去看护机构好几天的话，看起来就像是我在偷懒一样，太没面子了……我当时想着，自己再努力一点，再努力一点就好……"

尽管事发前已有征兆，但现实是，家人选择独自承担这一切。

难道没有别的解决办法了吗？

为了向曾负责艳的看护援助专员了解情况，我们来到了当地的社会福利中心。

"我们想了解一下2年前的5月份失踪的高桥艳的情况……"

"请稍等。"

我们被领到一间会议室，稍等片刻后，一名神情稍显紧张的女性走了进来。

她说自己就是负责高桥艳的看护援助专员。这名女性手里拿着艳的看护记录，接受了我们的采访。

看护援助专员每月家访一次，看护记录上记载了从第一次至失踪当日的家访详情。从艳失踪2个月前的记录来看，她当时正发生着一些变化。

　　平成二十四①年三月　当事人夜间游荡两次，情况有所缓解。今后如果症状还持续的话，只能考虑入住看护机构了。

　　平成二十四年四月　几天前，当事人走到了邻村，昨天又发生了相同的情况，三小时后被找回。再观察一下当事人的情况，咨询入住看护机构的事宜。询问了周围帮忙的邻居后得知，当事人家属还想继续尝试在家看护。

　　平成二十四年五月十一日　当事人于今天早晨起下落不明，家人提出了搜索申请。中心工作人员也分头寻找，无果。

在与看护援助专员的交谈中，我们了解到了艳所发生的变化，但是为什么没能进行干预呢？

"正好是那个时候，我向艳的家人介绍了GPS（全球定位系统）的租用服务，能够应对游荡情况。本打算在那之后向他们进行具体说明，但是艳却失踪了……"

看护援助专员说，那时候，她自己也没曾想到游荡的风险会如此之高。她的言辞沉着冷静，却透着丝丝悔意。

---

① 2012年。

"在当事人出现夜间外出的情况，或是家属因看护而疲倦的时候，可以使用短期看护服务或是选择入住看护机构，但是否使用这些服务是由家属决定的，我们不能擅自做主。但是这次的事件发生后，我也在想自己是不是应该做些什么。不要把一次两次的出走当成小事，如果能更紧迫地介入干预的话，也许家人能及时求助，我至今都深感后悔。"

经过艳的事件后，就如何确保可独自出门的认知症患者的安全，以及家属应提供怎样的照管，看护援助专员以会议等形式与同事商讨、摸索解决对策。

"对艳的家人来说事情还没有结束，对我来说也是如此，我还将继续努力⋯⋯还远远没有结束。现在每当我开着车，或是走在路上的时候，看到和艳相像的人，我都会留意，心想，啊，那是不是艳呢⋯⋯我将会一直这样寻找下去。"

说着说着，她的眼眶已经湿润。

谁都始料未及，因游荡导致了失踪。

我们深刻地感受到，艳音信全无的这2年时间，不仅是艳的家人，对于她身边的人们而言，都是一段无比沉重、痛苦的岁月。

每年有约1万名认知症患者失踪。

这个数字背后，是无法想象的悲伤与痛苦。这一严重的问题，正在离我们的日常生活并不遥远的地方不断发生，然而，我们的社会却选择忽视这一问题。

不为人知的现实，终于浮出水面。

专栏① 认知症与"游荡"

后藤浩孝（NHK报道局社会节目部 导演）

认知症指的是，由于各种原因造成的脑细胞死亡、机能低下，患者出现健忘等症状，对生活造成影响的状态。主要类型有阿尔茨海默病、血管性认知症、路易体认知症等，有70种以上的病因。

认知症患者失踪的主要原因为"游荡"。那么，游荡究竟是一种怎样的情形呢？是漫无目的地游走、闲逛吗？

事实上，多数情况下并不是这样的。通过取材我们了解到，不同的患者症状千差万别。

这是我们对一名居住在东京都内的77岁男性认知症患者进行跟踪拍摄的时候发生的事。该男子从3年前开始出现游荡的症状，但是其家人尊重他的个人意愿，每天都会让他外出。

我们正跟在他身后行走的时候，突然，他闯入了其他公寓的停车场，甚至还试图进入建筑物之间狭小的间隙，那里根本连路都没有。我们赶忙上前劝阻，他才反应过来，回到原来的道路上。这些症状的出现，是由于患者的空间认识能力弱，无法意识到自己身在何处。

这名男子至今已走失过5次了，但是表面上看来，他只是一名普普通通的老人。他穿着冷暖适宜、干净整洁的衣物，步履轻健，也没有一点迷失方向的样子。哪怕已经知道他是在游荡，也看不出有什么异样。

此外，我们在东京都一处住宅区采访了一名80多岁的男性，他一直在小区内悠闲散步。乍一看，似乎是接近我们想象中的"游荡"的表现，但他的妻子称，该男子只是前去查看信箱，顺便散步而已。

还有一个例子是关于一名居住在东京都内的70多岁女性的。在一个寒冷的冬日，我们结束了对该女子丈夫的采访后正打算回去，她却衣着单薄地跟着我们走出了家门，打算与我们交谈。这名女子似乎不认生，会穿着居家服跟着别人走，据说她曾多次就这样走失了。

我们听说有一名男性骑着自行车游荡，后被救助。还有人乘汽车到离家几十公里远的地方，后被救助。甚至还有人从近畿地方坐飞机到了北海道，后被救助。

也就是说，"游荡"这一症状根据个人情况的不同会有不同的表现。

那么，为何会有这些不同的表现呢？那是因为，即使患上了认知症，患者还是会保有"具有个人特色"的行为。

换一种更简单明了的说法，认知症患者也是具有基本人格的"独立个体"。

在医学上，"游荡"属于"认知症的行为和精神症状

（BPSD[①]）"之一。除游荡之外，还包括抑郁、幻觉、妄想等症状，发生的原因与患者的日常生活、人际关系、周围环境、个人性格等有着复杂的关系。换言之，个体差异是造成症状表现不同的主要原因。

因此，在认知症患者保有"个人特色"的基础之上，"游荡"这一症状的表现方式也因人而异，这也是理所当然的了。

并且，从认知症患者保有"个人特色"这一点而言，事实上他们在多数情况下，并不是漫无目的地游走。他们可能为了"去买东西"等原因离开家，途中却迷失了方向。即使旁人不了解，但患者本人是知晓自己外出的目的的。

出于上述诸多原因，如今在看护工作一线，"游荡"一词的使用频率愈发减少了。我们来看看词典上对"游荡"一词的定义：

【游荡】没有目的地游走。闲逛。（《广辞苑》）

从上述定义看，浮现出的是"莫名其妙的人在漫无目的地行走"这样一幅画面，据此也许有人会对有游荡症状的患者采取限制外出等错误的应对措施。作为认知症失踪者问题的首席专家，认知症看护研究及研修东京中心的研究部部长永田久美子指出："游荡这个词不仅将事实模糊，还会助长偏见及误解，为站在患者本人及其家人的立场上

---

① Behavioral and Psychological Symptoms of Dementia 的缩写。

提供实质性的援助，不应该轻易使用这一词语。"

以上表述中虽有不少值得肯定的地方，但是若不使用"游荡"这个词，又会发生其他难解的问题，例如无法用简明易懂的语言来描述症状。因此在医疗工作一线，"游荡"作为描述症状的用语，目前还是被广泛使用。

就在节目中是否使用"游荡"一词，我们也经过了反复的斟酌、讨论，最终决定，以"医学症状的一种"为主要意义有限地使用。在有限的时间内，只有这个词能够准确、清晰地向观众传达我们所要表达的意思。

以前，习惯用"痴呆"一词表述"认知症"，因其带有主张歧视和偏见的语感，在以专业学会和国家为首的各界人士的推动下，最终"痴呆"被新的词语所替代。

"游荡"一词会让大众产生怎样的理解，会继续使用还是会停止使用？是否应当寻找新的词语来替代？

今后，医疗及看护方面的专家，以及我们媒体同仁，都有义务考虑到每一名认知症相关人士的情况，并以此加深对于认知症的理解。

第二章
揭开严峻现实的面纱

在本次的取材中，我们直接采访了那些有过失踪经历的当事人及其家人，倾听他们最真实的心声。取材来源除了之前取得的那份300人的名单之外，还有我们通过对自治体的电话采访、以新闻报道及网络文章中的内容等为线索推断而出的100人，总计得到了超过400件案例。另外，我们还对全国的警察及自治体多次进行取材，以掌握全局情况。

在第二章中，我们会对这些取材信息进行分析，更为详细地呈现真实情况。

死者及失踪者人数合计超过550人

我们首先整理了认知症患者失踪问题的总体情况。

取材组对全国47处警察本部进行了问卷调查，结果显示，实际情况比我们取材开始之初所想象的还要严重，具体数字整理见表1。

2012年的一年间，因认知症或疑似疾病出现游荡等情况导致下落不明，并且警方收到申报的人数总计9 607人。其中，截至当年12月31日，确认死亡的人数达到351人。通过取材组的此次问卷调查，我们首次了解到具体的死亡人数。

此前对于我们的取材，警察厅给出的并非具体的死亡人数，而是包括了2012年更早前申报失踪的人数，总数为359人。

警察厅作为汇集全国警察本部信息的机构，是否应该采取更积极的举措，以更为详细、准确地了解实际情况？虽存有这一质疑，我们还是继续着手开展对整体情况的整理工作。

以都道府县为单位，死者人数最多的为大阪，26人；其次是爱知，19人；接着是鹿儿岛，17人；东京，16人；茨城，15人。

表1　认知症老人失踪情况（2012年）

	失踪申报数	死者	失踪者		失踪申报数	死者	失踪者
北海道	150	14	11	滋贺	134	4	0
青森	31	2	1	京都	371	7	1
岩手	36	6	1	大阪	2 076	26	14
宫城	46	4	1	兵库	1 146	14	16
秋田	59	3	2	奈良	172	8	3
山形	114	3	1	和歌山	34	7	3

	失踪申报数	死者	失踪者		失踪申报数	死者	失踪者
福岛	157	14	6	鸟取	19	1	2
茨城	317	15	2	岛根	14	3	1
栃木	140	7	4	冈山	166	4	6
群马	153	6	2	广岛	221	4	8
埼玉	146	11	6	山口	91	6	6
千叶	232	7	5	德岛	76	7	2
东京	350	16	15	香川	117	5	1
神奈川	262	12	10	爱媛	107	8	19
新潟	178	9	4	高知	28	4	0
富山	191	5	4	福冈	357	10	4
石川	76	3	1	佐贺	69	1	0
福井	64	4	0	长崎	7	0	0
山梨	8	0	0	熊本	160	11	0
长野	120	14	1	大分	47	2	2
岐阜	243	7	6	宫崎	33	4	2
静冈	116	9	6	鹿儿岛	81	17	5
爱知	735	19	17	冲绳	63	2	1
三重	94	6	6	总计	9 607	351	208

（NHK 调研）

我们还了解到一个新的事实。截至2012年12月31日，有208人仍然下落不明。失踪者人数最多的地区是爱媛，19人；其次是爱知，17人；兵库，16人；东京，15人；大阪，14人。

认知症患者若持续处于失踪状态的话，很有可能有生命危险，其家人也会异常担心。竟有这么多人至今下落不明，我们感到非常震惊。

另一方面，这些数据也告诉我们，这1万人的数字只是冰山一角。

在警方收到的搜索申请的次数方面，大阪只要接到失踪者家属等的报警，原则上都会受理，故搜索申请次数最多，为2 076人；其次为兵库，达到了1 146人；最少的地区为长崎7人、山梨8人。不同的都道府县之间存在很大的差异。

为何会有这样的差异呢？

事实上，在神奈川、千叶、埼玉的警察本部，为尽快搜寻失踪人员，制度上能够在正式收到搜索申请之前，通过电话等联络方式，以"暂时下落不明者"的情况受理。也有在收到正式申请之前，失踪者就得到救助或确认死亡的情况。

因此，实际失踪者的人数应该更多。

因认知症而失踪的人，想必今后还会增加。由警察厅整理的数据显示，2013年认知症患者失踪人数与2012年相比，增加了715人，达到了10 322人，超过了1万人的大关。

为应对这一逐渐严重的问题，警方需要掌握更准确的现实情况并作出详细分析，从而推出有效的解决对策。

目前的制度之下，无法提供24小时全天看护
——三浦澄·84岁

在取材的过程中，这样一个群体吸引了我们的注意，那便是独居老人。至2013年为止的5年间，全国因认知症或疑似疾病导致当事者失踪并最后确认死亡的案例共计112起。我们对这些案例就当时的情况进行详细取材的过程中发现，其中29%的案例即33名当事者都过着独居生活。

其中一名当事者就是居住在东京新宿区的三浦澄。

2013年4月，时年84岁的三浦女士下落不明，她的遗体随后被人发现。据悉，三浦女士的丈夫于约20年前过世，那之后，由于膝下无子女，她一直过着独居生活。

三浦女士患有阿尔茨海默型认知症，邻居们也察觉到了她的异样。她有时会在自己居住的集体住宅的走廊上漫无目的地游走，有时会跑到别人居住的楼层。

三浦女士接受了"地方综合援助中心"的援助。地方综合援助中心是由自治体设立的地方性综合机构，配备有保健师、社工、看护援助专员等工作人员，为老年人提供必要的援助。由于三浦女士的症状正逐步加重，该中心考虑尽可能为其提供更多的关怀举措。

看护保险所涵盖的上门看护的上限为每天早晚两次。但对于三浦女士的情况而言，这还远远不够，因此又加上了白天由地方独立提供的"配餐服务"，每天三次对三浦女

士的生活进行援助。

然而，2013年4月的一天早上，在护工到来之前，三浦女士便独自离开了家，行踪不明。后来她的尸体在离家5公里的千代田区万世桥附近的神田川流域被人发现。据悉，三浦女士可能是在游荡的过程中失足掉入河中导致死亡的。

地方综合援助中心表示："虽然我们对当事人的游荡情况也深感担忧，但我们无法为他们提供24小时全天看护。目前的制度存在局限性。"

国家政策与增长的认知症老人

为使认知症患者能够尽可能继续在自己熟悉的街区生活，厚生劳动省正在逐步完善上门看护及上门护理服务，并推进建设供老年认知症患者共同生活的养老院等机构。2012年，作为认知症应对方案之一的五年规划"橙色计划"正式出台。

然而，通过此次取材我们意识到，对于持续增长的认知症老人群体，国家的应对方案还不能给予他们足够的援助。

位于东京杉并区的认知症看护研究及研修东京中心的所长本间昭医师指出："根据国家现有的政策，能够给予独居的认知症老人以援助的人才储备及设施建设尚不完善。国家有必要尽快考虑对策，解决问题。"

在三浦澄的案例中，还浮现出了其他问题。

事实上，在三浦女士的遗体被发现5个月后，她的身份才最终被确认。三浦女士失踪当天，她的遗体就已被警方发现，但由于未能确定其身份，根据遗体发现地千代田区的规定，只能在身份不明的状态下举行葬礼。骨灰被临时安置在东京都内的一处殡仪馆内，并以"在旅途中死亡的人"表示骨灰属于身份不明的遗体，在政府公报上予以公示。公示内容包括，遗体被发现的日期、时间、场所、性别、身体特征，以及随身物品等信息。

一位三浦女士的熟人对遗体身份的确认起到了重大的作用，他曾是一名警官。知晓三浦女士失踪情况的该男子多次前往东京都内的各警察局，以确认至今发现的身份不明的遗体中是否有三浦女士。最终，他发现一具女性遗体疑似三浦女士。警方随即与居住在栃木县的三浦女士的妹妹取得了联系，DNA鉴定的结果显示该遗体确为三浦女士无误。面对我们的采访，三浦女士的妹妹这样说道："如果没有这名男子帮忙，姐姐的骨灰可能至今还以身份不明者的状态被安置着，我对他非常感激。但我觉得不可思议的是，为什么警察没能查明姐姐的身份呢？"

于未曾料及的近处发现的尸体
——安藤歌子·85岁

接下来，我们开始关注当事人的失踪地点与遗体被发现地点之间的距离。在确认死亡的人之中，有94名死者的家属及自治体等相关人士愿意接受采访，我们对这些死者的遗体发现状况进行分析的结果显示，有55名死者（占总数的59%）在距离自家1公里以内的相对较近的地点被发现。

东京文京区的安藤歌子女士就是其中之一。

2012年9月，家人稍不留神，当时85岁的歌子便离开了家，下落不明。

10多年前，歌子患上了阿尔茨海默型认知症，大约3年前开始屡次出现独自外出、无法归家的情况，但通常都会被邻居发现或被警察救助，歌子总能在走失的当天回到家。

但是那一天，无论怎么寻找也不见歌子的身影，7天后她的遗体被人发现。死因为衰弱致死。

对于不停寻找歌子的家属而言，遗体发现的地点完全出乎他们的意料。在离家很近的民宅后方，穿越墙与墙之间30厘米宽的缝隙，有一处空地，歌子的遗体便是在这里被发现的。警方向家属这般解释，从植物被踩踏的痕迹可以看出，歌子穿过墙壁的间隙，进到了深处，但却没法按原路返回。

一直在寻找歌子的女儿真由美说："我也找过附近的小路，但是没想到母亲竟然就在咫尺之遥的地方。我以为她去了更远的地方。"

一听到认知症的游荡情况，很多人会有这样的印象：患者会漫无目的地闲逛到很远的地方去。

事实上，一开始我们也是这么想的。

在死者之中，有59%的人是在距自家1公里以内的近处被发现的，这一分析结果该如何解读呢？

认知症看护研究及研修东京中心的永田久美子研究部

部长表示："搜寻无果的时候，可能会认为当事人去了远处，但这次的分析结果告诉我们，仔细搜索家附近的场所更为重要。首先要搜索自家和小区，没找到的话，在邻居的配合下搜索附近的区域，这是首要任务。"

在歌子的案例中，除了遗体发现场所与自家的距离之外，还显露出了其他特征。歌子的遗体被发现的地点，平时是无人涉足的。歌子的女儿真由美这般说道："母亲被发现的地点距家如此之近，我深感震惊，但同时我也完全无法理解，母亲为什么会到这样的地方去。"

在取材中，我们还发现了其他案例的当事人也同歌子一样，在出人意料的场所死亡。例如，在盖着盖子、几乎枯竭的水渠之中等等，不少死者都是在一般人不可能进入的场所被发现的。

认知症患者特有的"视野狭窄及问题解决能力弱"成为意外发生的导火索

为何这些当事人会在这些地方死亡呢？在对专家进行采访后我们得知，这也许与认知症的症状存在关联。

我们拜访了福井县敦贺市内的敦贺温泉医院，在此工作的玉井显医生从事着对认知症患者行为的研究工作。玉井医生正进行一项全国罕见的研究，他通过使用特殊的小型相机，调查认知症患者在行走时目光会注视何处。在轻度认知症患者的协助下，玉井医生分析了他们在街上行走时的视频，结果显示，这些患者的视线集中在自己的脚边，对周围的情况及车辆并不予关注。玉井医生指出，认知症患者的注意力集中在能够轻易认知空间的脚步上，因而视野变得狭窄。

我们同时还了解到，在认知症患者的行为中，还有以下特点。

一名男性患者在沿着盲道行走的过程中，到达一处十字路口，发现盲道被切断，他便突然停下脚步，原地不动。这名男性患者当时的视线看向何处呢？通过对特殊小型相机所拍摄的视频进行分析得出，当时他的视线突然出现了剧烈晃动。我们也看了当时的视频，感受到了他不知所措、心慌意乱。此后，该男性患者未向任何人求助，在原地站了约3分钟的时间。

对于这样的行为，玉井医生分析，是认知症患者的问题解决能力弱所产生的影响。此外，玉井医生还指出："由于认知症患者特有的视野狭窄及问题解决能力弱，认知症患者可能会进入常人难以想象的场所，导致无法脱身。距家1公里范围以内死亡的案例频发这一事实表明，在我们生活的场所附近就存在着对于普通人来说安全，但对于认知症患者而言却危险的地方。我们有必要意识到存在这样一种风险。"

"如果能早点报警的话……"
——齐藤一郎（化名）·73岁

通过取材我们发现，报警的"延迟"可能会攸关性命。

因不想给周围人添麻烦等理由，家属没能立即报警或寻求相关人士的帮助，结果造成当事人死亡，这样的情况时有发生。

2013年3月1日，齐藤一郎的遗体被发现，通过家属的描述我们得知，这一事件的发生与家属未能及时报警求助不无关系。

齐藤一郎的妻子房子（化名）至今仍感到后悔，在丈夫一郎失踪的时候如果能尽快报警，丈夫说不定就能得救了。

齐藤夫妇在长野县佐久市过着二人生活。夫妇俩的家在村庄的一隅，附近有广袤的田野。

约5年前开始，患有认知症的一郎出现了游荡的症状。他经常不知道自己身在何处，嚷嚷着"要回家"，多次出门前往以前居住了很久的地方。

虽说一郎失踪的情况已经发生了100次以上，但其中的七成，房子都能立刻找到他。若寻找2小时未果，房子便会选择报警，这样的事情已发生了30多次。

"哪怕是5分钟我也不敢松懈，一直看着一郎，即便如此，他还是走失了。每次都给警察添了很多麻烦，我感到很不好意思，但一郎一失踪，我就很担心，还是会决定报警。"

房子因丈夫的失踪而频频报警。然而，2013年2月27日这一天，似乎很不寻常。

这一天，寒冷刺骨，前一天下的雪还未消融。房子从上午9点左右开始，就在家门前铲扫积雪。不知何时，一郎不见了踪影。

通常一郎都是在傍晚时分出走，但这一天他却在上午就离开了家。房子以为很快就能将他找回，开着小型汽车在附近寻找起来。

然而，同样的道路开过了几十次，也没能看到一郎的身影。虽然房子渐渐感到焦急，但这一天，即便寻找2个小时未果，房子也没有报警。

"因为当时是白天，我便想着靠自己的力量找到一郎。报警的话又会麻烦警察。我不想给别人添麻烦，这样的想法总是非常强烈。警方的工作人员都对我很耐心亲切，但是让他们帮忙找人的话很辛苦啊。大家应该都会这么想吧？"

最终，因"实在找不到了"而放弃的房子，在午后时分报了警。此后，警察、消防队、志愿者们共同开始了对一郎的搜寻，2天后的傍晚，一郎的遗体在附近的沟渠中被发现了。

"当时我一边找着，一边想着还是尽快报警比较好吧，但是又对自己说，再找一会儿，就再找一会儿……在这般寒冷的天气中，我真的是作了错误的决定啊。如果尽快报警的话，一郎说不定就有救了。老实说，就算早一个小时也好啊，因为没能及时报警，我感到非常后悔。"

在一郎的案例中，家属比平时的报警时间晚了一小时，而就在这一小时内，雪天的寒冷等各种因素叠加，最终结果是当事人死亡。一小时的差别，究竟是否能被称作"延迟"，想必每个人的看法也各不相同，而且，这也并非死亡的直接原因。但重要的是，提早一小时报警的话，能够显著提高当事人获救的可能性。出于这一考量，我们有必要对报警的"延迟"这一因素加以关注。

关于"延迟"报警
——大阪府警察及自治体的数据所展现的现实

现有具体的数据能够表明家属等有延迟报警的倾向。我们取得了大阪府警方关于失踪申报的详细数据。

2012年一年间大阪府警方受理的患有认知症或疑似疾病的失踪申报共计2 076件。

其中有26人在申报被提交后，最终被发现死亡。死者年龄从69岁至85岁，无一例外均是老年人。

大阪府警方在对这26名死者的死亡推定时间进行调查后发现，其中有10名死者的死亡推定时间在其失踪申报提交之前。也就是说，占总数约四成的死者在失踪申报被递交之时，其实已经死亡了。申报的递交"迟了"。

在自治体的数据中，也不难看到"延迟"报警这一问题。我们以不公开市町村名为条件，在县厅所在地的某市，申请并获取了从2009年至2013年的5年间因认知症而失踪的人员中死亡或未发现的案件信息。

共有15名失踪者为死亡或未发现状态。名单上记载了当事人失踪的日期、时间，以及报警的日期和时间。

经过分析，我们发现了这样一个趋势。在这15起案例中，有9起案例的报警时间为当事人失踪的第二天及以后，为总体的60%，也就是占了多数。

进一步对这9起案例进行详细分析后可知，有5起是在当事人失踪次日报的警，有2起是在失踪2天后报的警，有1起是在失踪3天后报的警。

对于这一趋势，某自治体的工作人员指出："就这些失踪事件发生的背景而言，都属于家庭问题，很多人都认为应该先自己想办法把当事人找回。'失踪后也有可能自己回来，总之先试着一边寻找一边等待一个晚上吧'，或者'过一天再看看情况，到时候还没找到的话，情况可能就危险了，那就报警吧'，也许很多人都是这么想的。虽然很多情况下失踪者能够被找回，但事实上，也有案例中失踪者不幸身亡的，一般可以认为，这种情况是错过了报警的时机。"

在对众多因当事人走失而感到苦恼的家属进行采访后，我们也切实感受到，在当事人失踪后经过一晚的时间才报警，的确会增加危及性命的风险。

话虽如此，家属没能立刻报警，结果造成严重事态的案例时有发生。

以上是我们对"延迟"报警的现实情况进行的分析。也许会有人觉得："数据是不是太少了呢？"其实我们也是这么认为的。

要分析报警的时机究竟被延迟了多少，我们需要搜集更多的案例，以提升可信度。只有警方掌握了总体数据，但对数据进行相关分析的仅大阪府警等部分警方。

同时，对于认知症的理解也是因地而异。城市和农村可能就存在着不同的趋向，在失踪者死亡案例较少的地区，也许报警也更早。一般认为，报警越迟，失踪者死亡的风险越高，但是为明确这一结论，除了失踪者死亡的案例，还必须分析失踪者被平安找回的案例。可据我们所知，警方尚未能够进行如此详尽的分析。

报警的时间哪怕提前一小时，失踪者被平安找回的概率也能确实提高。

为了能更有效地传达这一讯息，警方、自治体等有关单位应尽快对已发生的案例进行彻底的分析。

认知症被察觉前发生的失踪案例

接着，我们了解到，一些案例中，当事人因游荡最终死亡，但其身边的人甚至未察觉到当事人患有认知症。

我们对过去5年全国范围内向警察或自治体进行失踪申报的约400起案例进行取材，其中有60名当事人的家属或看护工作者等接受了我们的采访，详细讲述了事发当时的情况。在对采访结果进行分析后可知，至少有7人，也就是10%的失踪者，在失踪当时，家人等周围的人没有意识到当事人患有认知症。其中包括当事人死亡或至今下落不明的严重案例。

不知为何走失
——佐佐木耕太郎（化名）·76岁

居住于秋田县男鹿市的佐佐木耕太郎于2013年12月失踪，时年76岁。那一天，天气预报显示傍晚时分会有降雨，但耕太郎在没带伞的情况下离开了家，家属以为他会像往常一样立刻回家，并没有担心。

但是，眼见着到了傍晚，耕太郎仍未回家，家属便报了警，但至今没能找到他的下落。

耕太郎去了哪里呢？

在警方的搜索中发现了出人意料的线索。

有目击者称，在下午3点30分左右曾看见耕太郎在家附近的理发店经过。那以后过了6小时，晚上9点过后，有目击者在距离10公里以外的男鹿市的一处停车场看到了耕太郎的身影。

但是，为什么耕太郎会走失呢？家属百思不得其解。

耕太郎是个性格一丝不苟的人，他爱好剪报，这一爱好一直持续到他失踪前。

现在回想耕太郎当时的行为，家属不禁想着，当时是不是没能意识到耕太郎已患上了认知症呢？

耕太郎的女儿裕子（化名·46岁）告诉我们："父亲有时候会一个人一口气把特产馒头全部吃完，现在想来还有好几件这样异常的事情。"

妻子节子（化名·72岁）挂念着丈夫的安危："我从没想到丈夫会患上认知症。他失踪了那么久，希望他已经在某处得到救助了。"

失踪后才意识到是认知症
——市桥敏正（化名）·81岁

居住在东京江东区的市桥敏正于2013年8月失踪，并在失踪8天后被人发现。

与敏正同住的妻子雅子（化名·74岁）说，丈夫失踪的那一天，他按照每天的惯例，早晨6点就出门散步了。往常过个一小时他就会回到家，但这一天到了中午也不见敏正的身影。

为什么敏正会失踪呢？毫无头绪的雅子在敏正平时散步的附近的公园等地四处寻找。

对于敏正的长女佳子（化名·40岁）而言，父亲的失踪是难以想象的事情。在事发3天前，佳子曾拜访父母，那时候并未发现敏正有任何异样，他的失踪是佳子始料未及的。

第二天，家人向警方提交了失踪申报，警方随即对周边地区展开搜索。为征集线索，佳子在博客上公开了父亲的照片，呼吁公众提供消息，但是未见成效。

8天后，敏正在离家6公里远的一处公园内的长椅上被人发现。他因饥饿处于虚弱状态。一名男性在敏正被救助前看到了他，他说："我看到有个男人呆呆地坐在长椅上，我有些担心，上前询问是否需要帮助，他说自己没事。我看不出他患有认知症。"

接到警方的通知后迅速赶到的雅子被敏正的一句话惊呆了："今天早上，我出去散步后迷路了。"敏正并不记得从自己失踪到被发现为止的这8天间发生的事情。

雅子立刻带着敏正前往医院。敏正被诊断为"认知症"，他失踪的原因被揭晓了。

雅子表示："没想到丈夫竟患有认知症，我感到非常震惊。但是这样一来，也就知道他为什么会失踪了。如果我能早点察觉到丈夫患上认知症就好了。"

哪怕只有一点点异样，也应当立刻就医

通过取材，我们明确了认知症会带来的诸多风险，就此询问了专家的看法。

前文提到的认知症看护研究及研修东京中心的本间昭医生表示，游荡是认知症初期阶段的症状。他解释道："游荡不是某一天突然发生的，在患者出现游荡这一症状之前，会有各种各样的信号，显现出认知症的进展。例如，重复说同样的话、重复买同样的东西、搞不清做菜的步骤、不知如何调味等等情况，都是需要引起注意的信号。尽早接受治疗的话能够减少患者游荡的风险，因此，一旦在日常生活中察觉到哪怕一点点异样，也应当引起重视并立刻前往专科医疗机构接受诊治。"

专栏② 激增的认知症患者

松木遥希子（NHK报道局社会部 记者）

　　开始使用"认知症"一词也就是近十年的事，以前用的是"痴呆"或"呆傻"等词。2004年，一场由医疗从业者参与的厚生劳动省的讨论会提出，"'痴呆'一词含有侮辱性意味，不利于该疾病的早期发现及早期治疗"，并指出应改用"认知症"。此后，在行政机关、机构等各种场所，都开始使用"认知症"，该词渐渐获得了广泛的认同。

　　那么，这种疾病究竟是从什么时候起为人所知的呢？一般认为，认知症受到注目的契机是作家有吉佐和子于1972年发表的小说《恍惚的人》。小说中描写了看护着认知症患者的家人间的纠葛，该作品使得这一疾病很快为世人所知。《恍惚的人》还被改编成电影及舞台剧，成为炙手可热的话题之作。然而也有意见指出，在这篇小说中，虽然家人陪伴并看护着认知症患者，但也表现了对认知症患者的种种不理解，这样的描画与现代认知症患者的看护方针大相径庭。

　　随着老龄化时代的到来，认知症患者将不断增加。根据厚生劳动省的预测，到2025年，团块世代①超过75岁的时候，65岁以上人群中每5人就会有1人患有认知症，患者总人数将达到约700万人。截至2012年，认知症患者人数据推算预计为462万人，也就是说，2025年的患者人数将是2012年的1.5倍。

认知症患者群体急速增长，我们的社会对于他们而言是宜居的吗？认知症患者是否正在不安中惶惶度日呢？

在取材过程中我们发现，出于对疾病的恐惧及不安，进行看护的家人及患者本人会抱有"不想让他人知道"的想法，这样的情况非常多。其背景原因之一，便是认知症患者及其家人面临着"生存困难"的局面。许多医疗及看护从业者都表示，社会上还有不少人对认知症抱有"患上认知症就等于成了白痴"等等误解。

事实是，即使患上了认知症，也并不表示患者会立刻失智或失去自理能力。不同种类的认知症不尽相同，但大多情况下患者会经历对时间及地点的认识能力逐渐降低的过程，渐渐地开始需要帮助。

2014年秋天，我们采访了一对了不起的母女。她们是居住在京都市的中西荣子和女儿河合雅美。中西女士曾经是一名小学老师，患上年轻型阿尔茨海默病后，渐渐地变得健忘起来。患病后，她开始失去自信，一直与女儿雅美吵架，被强烈的孤立感包围。但是，雅美努力地为母亲寻找适合她的场所。现在，中西女士每天会前往日间看护中

---

① 日本战后首次"婴儿潮"（1947—1949年）期间出生的人。他们是日本上世纪60年代中期推动经济腾飞的主力，是日本经济的脊梁。

心、就业援助机构，以及认知症咖啡屋等地。找到了自己能够愉快消磨时光的地方后，中西女士的每一天都过得非常充实。

中西女士为什么能够笑着度过每一天呢？以女儿雅美为首，周围的人对这一疾病有正确的理解，给予心怀不安的患者陪伴与支持，这就是最重要的原因。

熟悉中西女士病情的认知症专科医生森俊夫表示："不惧怕患上认知症，患病后必须好好制订此后的人生规划，这是与认知症共同生存的关键。"

在认知症患者不断增加的当下，患者面临困难的时候，社会向其伸出援助之手，并让患者本人依靠自己的力量、体现自身生存的价值，这样的援助方式是我们应当寻求的。

第三章
痛苦的家人

因患者失踪而苦恼的家人所面对的残酷现实

"必须24小时照看，我感到自己的日常生活没有了自由，时常感到精神紧绷。"

"都没办法好好睡觉，这样下去的话，快要坚持不住了。"

"一听到有声响，就想着是不是又出门了。游荡对家属而言是精神和肉体的双重折磨。"

以上是我们在多次采访过程中，听到的来自经历过患者失踪的家人的真实心声。

对于看护着认知症患者的家人而言，"游荡"是最令人头疼的症状之一。失踪则是这份烦恼的延续。

因患者游荡而烦恼，亲身经历患者失踪的焦灼，家人所承担的痛苦之大，难以想象。我们必须走进这些家属的内心，将真实情况挖掘出来。

从这一系列的取材之初，我们的记者、导演就分头在全国范围内走访调查，意在广泛收集看护着认知症患者的家属的心声，让公众看见严峻的现状。

取材开始后，陷入绝境的家属所面临的残酷现实渐渐浮上水面。下面我们将介绍两件以看护者本人的口吻叙述的案例。

看护年迈的丈夫，每日夜不成眠
——居住在东京都三鹰市的女性·78岁/妻子

看护今年82岁、患有认知症的丈夫，这样的生活已经过了快4年了。丈夫失踪、寻找丈夫，这样的事也已经发生了3次。不失踪的时候，他也整天在家附近闲逛度日。

白天也就算了，晚上实在是很辛苦。丈夫总说想要回乡下，拿起行李就要出门，我每天都要阻止他这样的举动。有时半夜一睁眼，就发现丈夫不见了。在附近找到了他，回家继续睡觉。但是，当我早上醒来的时候，丈夫又不见了。这样夜不成眠的日子持续着，我已无力坚持下去。

一天深夜发生的事让我深感震惊。当我发现丈夫不见了的时候，首先在家中寻找，未曾想发现丈夫居然在黑暗中泡着澡。他并没有待在浴室里，而是坐在澡盆中。意料之内，水已经有些凉了。我问道："你不冷吗？"他答道："不冷。"虽深感震惊，但我想着必须尽快帮他起身，于是拉着他离开澡盆、擦拭身体。

我不知该如何是好，走投无路的窘况发生了无数次。

我也一度病倒。那是半夜4点左右的事，我感到心脏闷痛，不知所措之际，我还是选择了不叫救护车，自己坚持着前往医院。医生告诉我说是"劳累过度"，但我那时也不能将丈夫置之不顾。该怎么办呢？我感到非常苦恼。

我自己也患有糖尿病，年迈的我看护着年迈的丈夫，考虑到个中艰辛，不由烦恼这样的生活究竟能持续到何时呢？我感到非常痛苦。

儿子在玄关打地铺，防止丈夫外出
—— 居住在东京都大田区的女性·80岁/妻子

今年84岁的丈夫患有阿尔茨海默病，现在正住院接受治疗，但是当丈夫在家中接受看护的时候，需要时刻留意以防其走失，真的非常辛苦。稍不留神他就不见了踪影，我真的是太累了。

失踪的情况时有发生，目前已经有过4次报警的经历。最近的一次是2013年7月的时候。我稍稍去了下卫生间，本以为丈夫在睡觉，没想到却不见了人影。那一次，最终在隔壁车站站前的一家超市里找到了丈夫。多亏熟人找到了他。也许是天色晚了，丈夫想去明亮的地方，所以到了超市吧。超市不是很亮堂吗？丈夫的脸上有伤，不知是不是自己弄的，看上去很可怜。

无论我们怎么阻止，丈夫总是执意要外出，于是儿子便在玄关的入口处，也就是走廊上，在那里打地铺，防止他走失。

在玄关设置外出感应门铃

——岩本守道·70岁/丈夫

"往左，左。在那里往左转。"

岩本守道（70岁）与纯子（73岁）夫妇居住在大阪市。两人一起散步的时候，丈夫守道的视线片刻都不能离开妻子纯子。

岩本夫妇在当地经营咖啡店已30年有余。然而，6年前，纯子患上了认知症，守道一心看护妻子，便把店铺关了。大约3年前开始，纯子出现游荡的症状。现在，夫妇俩在家附近散步的时候，纯子连自家的方位都搞不清了，如果守道不领路的话，纯子无法自己回家。

守道向我们展示了一本笔记本。上面记载了纯子游荡的时间、地点等信息。

"我没办法预防纯子游荡，但想尽可能总结一下发生的规律。"

出于这样的想法，守道持续记录着纯子游荡的情况。笔记上的信息无不诉说着纯子病情的进展。随着时间的推移，每月、每日的游荡次数都在持续增加，多的时候达到了每月5次以上。不知纯子何时会外出，守道时常抱着这样的不安感生活着。

纯子究竟是想去哪里呢？守道向我们展示了纯子游荡时手里拿着的物品。那是一枚地铁车票。患上认知症以来，纯子有这样一句口头禅：

"我想回娘家。"

此前，纯子一直都是坐地铁回娘家的。

但是，纯子娘家的房子早已被拆除。守道认为，纯子不能分辨过去的记忆与现实的区别，这也是认知症的症状之一。

"可能纯子以为娘家就是自己居住的地方吧。她对我说，一起回娘家吧。虽然说着要回去，但其实已经没有可以回去的地方，我一遍遍地告诉她，这里就是你的家，但她怎么也记不住。怎么才能让纯子接受现实呢？"

守道说话间不住叹气。

在我们与守道交谈过程中发生了这样一件事。"叮咚"，只听似是门铃的响声在房间内响起。守道一听到这个声音，脸色一变，起身赶往玄关。打开门，就看到了站在门外的纯子。

为了防止纯子独自外出，守道作出了各种努力。他在玄关装设了能够感应人活动的传感器。当纯子准备离开玄关外出的时候，就会像这样响起铃声让守道知晓。

此外，守道在窗框上放置了木棍。此举是为了预防纯子擅自打开窗户。阳台上则安装了约2米高的栏杆。据悉，为防止纯子外出，守道曾将玄关的门上锁，那时候，纯子从二楼的阳台跳下去过。所幸，纯子摔落到了草丛里，只受了擦伤，但守道由此事意识到，妻子的病症是可能威胁到生命的。可是，一味地将纯子关在家中，是不是会造成游荡症状的恶化呢？出于这一考虑，守道决定在玄关装上传感器。

"我也是深思熟虑后作出的决定。我觉得这是自己与纯子的战斗。对方出招，我得接招啊。"

自己能够身体健康、一直看护妻子吗？不安与担忧

无论想出多少种对策，也无法将纯子内心"想要出门"的诉求抹灭。在装置了传感器等设备后，纯子还是走失了2次，守道甚至向警方递交了失踪申报。

第一次是发生在2013年9月15日。早上8时许，守道正在清洗衣物，稍不留神，纯子便离开了家。一般情况下，都能在家附近找到她。但是这一天，过了1小时还是没能发现纯子的踪迹，守道向警方递交了失踪申报。当天下午3点左右，终于找到了纯子，此时距离她失踪已经过去7个多小时。当时纯子来到了位于大阪站附近的一家餐馆，付不出钱来的她引起了店员的疑惑，店员报了警。纯子将自己的姓名告诉了警方，与守道递交的信息一致。

2014年3月的时候，纯子又一次走失。那次，守道接到通知，说纯子在地铁楼梯上摔倒了，已经被救护车送往医院。

在这次的采访过程中，纯子也几度表示想要外出。守道总是温柔地劝慰她。

"你想去散步吗？"

"嗯。"

守道总是耐心地陪着纯子散步，直到她的心情平静。夫妇俩散步的固定路线就是前往家附近的神社参拜。看着两人手牵着手、悠然散步的样子，我们完全无法想象他们

是一对正"因游荡而深感苦恼的夫妇"。

结束了神社的参拜后，我们询问纯子许了什么愿望。她告诉我们"想和老板一直和和睦睦"（纯子至今还保留着经营咖啡厅时的习惯，称呼守道为"老板"）。

岩本夫妇膝下无子女。守道告诉我们，现在自己生活的全部就是预防纯子游荡，但这样的看护生活究竟能持续到何时呢？他对此深感不安。守道每天早晨5点起床。在纯子起床前，他需要完成早餐的准备、卫生打扫等家务。守道希望，在纯子醒着的时候，自己能尽可能陪伴在她身边。夜里，纯子只要一起床，守道也会立刻醒来。守道想要尽可能地防止纯子游荡症状的发生。这样的生活，正在侵蚀着守道的健康。守道家中有一台血压测量仪，一量血压，守道的数值经常超过180，高的时候甚至超过200。

一天晚上，夫妇俩吃完晚饭，纯子对守道说：

"我们一起离开这个世界吧。"

守道面色沉痛地答道："我现在还不能走。纯子先走吧。"

晚上，让纯子睡下后，守道这般对我们说道：

"我现在最感到不安的是，我的身体能保持健康状态到何时呢？也不是说立刻就会生病，但是可能我会先于纯子患上什么疾病或是身体状况变坏吧。"

把家门锁上就能防止外出，但是，家并不是监狱啊

患者究竟在何时、何种契机之下会出现游荡症状？现实是，就连常年相伴的家人也说不上来，需要随时保持警惕。在取材过程中我们看到的，是守护着认知症患者的家人们所经历的残酷的生活现状。

守道表示，自己也在考虑将来让纯子入住看护机构。除了自己之外，没有人能够守护纯子了。如果自己发生什么不测，纯子该怎么办呢？必须现在开始就为此做好准备。

"如果我死了或者身体不行了，该怎么办呢？因此必须做好准备。该以何种形式、将纯子托付于谁？入住怎样的机构？不好好规划的话是不行的。"

现在，守道仍过着前途未卜的看护生活。在采访过程中，守道说过这么一句话，给我们留下了深刻的印象：

"如果把家门上锁，把纯子关在家里的话，也许就能防止她游荡了。但是家毕竟不是监狱啊。我不想这么做。可应该怎么做才好呢？"

这也许是所有守护着有游荡症状的认知症患者的家人的心声。

虽说安装了GPS就能知道家人的位置……
—— 铃木诚（化名）·59岁/儿子

居住在东京小平市的铃木诚也因看护着有游荡症状的父亲而深感烦恼。

诚的父亲忠今年88岁。忠在自家与大儿子、二儿子、三儿子过着四人同住的生活，看护父亲的工作主要由大儿子诚负责。

忠于2011年被确诊患上了阿尔茨海默型认知症，经常发生游荡的情况。诚每天都写日记，日记本里密密麻麻地记录着忠游荡的细节。

忠第一次走失时，他经常光顾的附近的小钢珠店给家里打来了电话。小钢珠店营业结束后，店员发现了迷路了的忠，靠着忠携带的名片，与家属取得了联系。

2012年的时候，有一次忠在深夜2点多的时候坐着出租车回到了家。那次，过了晚上10点忠还没有回家，家人便报了警。当时，出租车司机根据忠的名片，将他送回了家。同一年，市内某公园的管理办公室也因同样的情况联系了忠的家人。那时候，是靠忠钱包内装着的便条上的联系方式与其家人取得联系的。除此之外，忠的家人还曾收到过新宿区的派出所和距离小平市20多公里的埼玉县蕨市警察局的救助通知。另外，还曾有餐馆联系家人，称忠无法支付餐费。似乎是在长时间游荡的过程中，忠走进了一家餐馆，吃完饭后却不知如何付账，于是靠他随身携带的名片，店家与其家人取得了联系。总而言之，忠在外出过程中走失并不是什么新鲜事。

关于忠的看护，诚说："我几乎已经忘记辛苦的事了，或者说是不愿意去想。想要解决那些无法解决的问题，怎么想也还是束手无策。我已经快要放弃了。"

即便如此，有一件事还是使诚的烦恼得以减轻。那便是，忠的需要护理程度由此前的"护理1级"提高到了"护理2级"，家人因此收到了由小平市政府提供的GPS终端。GPS终端利用人工卫星，能够确认终端携带者的具体位置，可谓是防止走失的有效手段，但是如果有游荡症状的患者本人不随身携带的话，也就没有意义了。游荡的时候，如果患者本人能够随身携带这一装置，家人该有多么省心、安心啊！但是现实并非如此。在这次采访中我们也看到，家人为了让患者携带GPS终端作出了各种各样的努力，比如用手机绳挂在患者脖子上，或是放入患者喜欢的包内等等，却鲜少奏效。

忠的情况是，他只要外出几乎就一定会携带一只挎包。诚在忠不知情的情况下，悄悄地将GPS终端放入了挎包内，于是忠外出的时候，诚立刻就能确认他所在的位置。即便如此，在半夜的时候，一边依靠GPS确认忠的位置，一边寻找忠，也不是一件简单的事。

而且，发现了游荡中的忠后，也不是立刻就能把他带回家的。如果强行将他带回家的话，反而会让他产生不满情绪，此后会出现更长时间的游荡情况，因而只能默默跟在他身边、一同行走。如果游荡发生在深夜，家人的睡眠时间便会相应减少，身体上承受着相当大的疲劳。"虽说靠GPS能够消除父亲去向不明的不安，但并不能完全解决因游荡产生的各种问题，这些问题反复出现，我的精神也濒临崩溃。"诚这般说道。

此外，关于忠的游荡问题，诚说："父亲本人并不认为自己是在游荡，而是以为自己在散步，或是要前往公司上班吧。"

得出这一结论的理由有以下几项。① 外出的时间主要集中在早上，② 外出前梳洗打扮、穿着整套西服，③ 随身携带自己喜欢的包。

忠长年从事教育相关的工作，有一大早就出门的习惯。诚还告诉我们，发现了游荡中的忠后，就算告诉他要回家去，他也时常一言不发，按照自己的想法继续行走。

对家属的问卷调查

因患者失踪而烦恼的家属的心声无不迫切。为广泛收集家属的真实想法、展现详细实情，我们决定开展问卷调查。我们希望，通过量化的数值来进一步明确地反映看护着患者的家属所处的真实状况及今后应为他们提供怎样的援助。

在问卷调查的实施过程中，我们得到了关注该问题的一位先行者的协助，她便是认知症看护研究及研修东京中心的永田久美子研究部部长，在问卷的设计等各方面为我们献言献策。

最需要费心思的，是问卷的发放。能够总体了解因患者失踪而烦恼的家属的住址等信息的组织，只有警方，但是为保护个人信息，我们无法得到确切信息。而且，对于患者家属而言，问卷的问题相当私密，就算我们知道住址，登门拜访，也有不少家庭不愿回答。

我们在向此前采访过的家属发放问卷的同时，也得到了对这一问题表示关注的全国各自治体的负责人、看护业者等人士的协助。熟知看护一线工作的人们，为家属所承担的重负痛心，由他们向家属仔细说明失踪问题的严重性后，多能够得到家属的理解。

在这些热心人士的帮助下，在保护个人信息的前提下，我们完成了调查问卷的发放工作，并收到了来自全国各地的回答。

- 回答者：152名看护着认知症患者的家属，且曾经历过患者游荡的情况。
- 回答地区：全国（北海道、东北、关东、中部、近畿、中国、四国、九州）

关于回答者及地区的选择方式，我们尽量做到随机，但大多分布在大城市，地方性市町村较少。尽管如此，此次调查结果还是揭示了许多未曾公之于众的事实真相。

94%的回答者对看护感到"有负担"，因患者失踪而报警或自己寻找"平均6.3次"

首先，我们询问了看护游荡患者的艰辛程度，75%的回答者表示"负担很重"，19%的回答者表示"有一定的负担"，共计94%的回答者表示"有负担"（图1）。

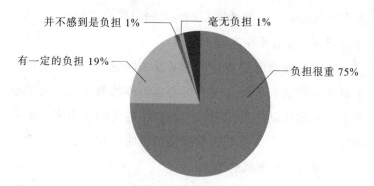

并不感到是负担 1%　　　毫无负担 1%

有一定的负担 19%　　　　　　　负担很重 75%

图1　看护游荡患者的艰辛程度

看护的时候，最为辛苦的是什么？对于这一提问，回答者给出的最多的答案是"需要时刻提高警惕，不能放松（精神负担）"，占比90%；其次为"担心会发生意外"，占比75%；接下去是"对家人的生活或工作产生影响"，占比61%（图2）。

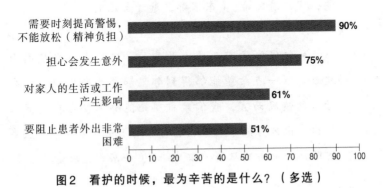

需要时刻提高警惕，
不能放松（精神负担）　　　　　　　　　90%
担心会发生意外　　　　　　　　75%
对家人的生活或工作
产生影响　　　　　　61%
要阻止患者外出非常
困难　　　　51%

　　　　0　10　20　30　40　50　60　70　80　90　100

图2　看护的时候，最为辛苦的是什么？（多选）

那么，家属是以怎样的频率应对患者的失踪情况的呢？参与调查问卷的共计152名家属，都曾经历过患者游荡的情况。其中，125名家属明确地填写了患者失踪的次数，我们对此进行了分析。

结果显示，报警、家人等外出寻找的平均次数超过6.3次。

78%的人曾经历过不止一次患者失踪的情况，最多的为70次。

失踪情况的发生竟如此频繁……我们也始料未及，对这一事实感到震惊不已。

在自由记述栏内，回答者的文字中也透露着现实的严峻。

● 父亲患有认知症，第一次走失的时候还能自己回家，第二次的时候在家附近由熟人带着回家，第三次的时候是警察找到他的。游荡对家人来说是身心的考验，但是对认知症患者而言，只是想着'我想这样做'，然后由着本能行动而已。现在家人都无法好好睡觉，守护着父亲。（东京都，患者女儿）

● 仅仅依靠家人的力量看护，只能在一定范围内起效。这一点希望能够得到邻里和警方的理解。就我母亲的情况而言，我们只希望她能够不要在夜间离家外出。说来可能难以置信，母亲曾有一次在半夜1点半的时候，赤着脚从窗户爬出去。（东京都，患者儿子）

● 怎样才能兼顾效率和工作？我对此感到不安。如果因为看护导致必须请假停工的情况增加，就不得不辞职了。（爱知县，患者儿子）

● 腿脚灵活的患者看护起来难度很大，邻居也并不是都能给予支持和理解的，家属承受着非同寻常的负担和精神疲劳。患者本人虽不清醒，但还是有主见的，并不能全盘否定他。我真的不知该怎么办好了。（东京都，患者妻子）

认知症患者频繁地走失，结果便是给家人带来了沉重的负担。除了精神上的负担以外，对家人的生活及工作也产生了影响。

　　通过问卷调查，我们看到了更清晰的现实。

关于失踪的地点、发现患者失踪时的情况、患者被找到的地点的数据

　　关于失踪地点，81%的人回答是自家，位列第一（图3）。16%的人回答是外出地点。在看护或医疗机构失踪的情况并不多见，占比3%，但是在机构失踪的信息较难掌握，这一点也需要考虑在内。

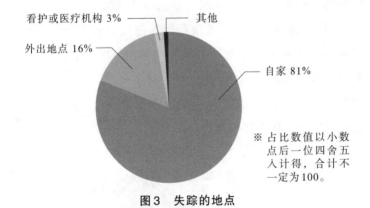

看护或医疗机构 3% ——　　　　 其他

外出地点 16% ——

自家 81%

※ 占比数值以小数点后一位四舍五入计得，合计不一定为100。

图3　失踪的地点

　　失踪时的情况是怎样的呢？对这一问题，最多的回答为"不知什么时候"，占比42%，"照看着患者，但是一不注意的当口"占比21%，"患者说出个门就回来（散步等）"占比13%，"家人睡觉的时候"占比12%（图4）。5%的回答者表示"患者不顾阻止执意外出"。

　　关于患者被发现的地点，最多的回答为"路边"，占

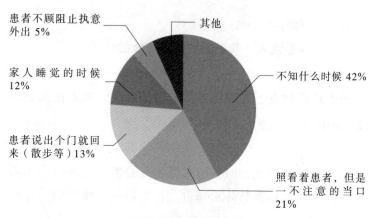

图 4　失踪时的情况

比 54%（图 5）。"交通工具、站点（车站、公交车、出租车）"及"超市、商店、餐馆等"各占比 7%，"民宅（玄关前或居民住家）""山林、河滩"各占比 3%。有 6% 的人回答"患者自己回家"。除此之外，还有"公园""小学"等回答，甚至还有"沟渠"。发现地点最多的是路边，因而有必要预想到多种不同的可能性。

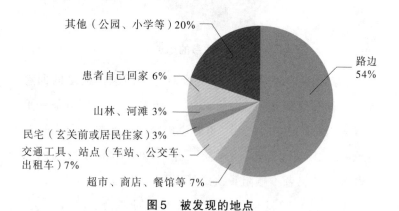

图 5　被发现的地点

发生意料之外的事态仍不寻求帮助的家庭

那么，家属对患者失踪这一情况有着怎样的预判呢？

问卷调查的结果显示，40%人的回答"意料之中"；60%的人回答"意料之外"，超过了半数（图6）。可以说，即使患者有游荡的症状，但是直面失踪这一严重的情况，对很多家庭来说仍是始料未及的。

那么，为什么没能预料到失踪呢？

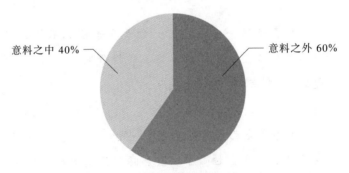

图6　对患者失踪这一情况的预判

最多的回答是"失踪之前患者并未出现游荡的情况"，占比28%。其次为"认知症程度较轻，以为没有大碍""曾经出现过游荡情况，但患者能够自主回家"，上述两项回答各占比22%。还有5%的回答者表示"未注意到患者有认知症表现"（图7）。

以为患者没有游荡的症状，或者认为患者认知症程度较轻没有大碍、患者能够自己回家，出于各种理由，家属未能提高警惕。就这样，突如其来的失踪事件给了这些家

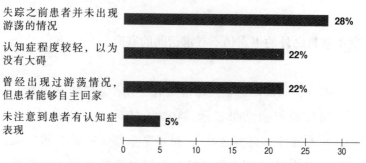

图7　为何没能预料到失踪情况的发生？（多选）

庭当头一棒。

● 妻子第一次失踪时，对于妻子还能不能回家，我心里完全没底，非常不安。我拼命地鼓励自己振作起来。（东京都，患者丈夫）

● 感觉自己如同行尸走肉一般。丈夫究竟在哪里、在干什么？我太担心了。虽然睡眠没有大碍，但我一直处于心慌意乱、焦虑不安的状态。（福冈县，患者妻子）

● 不安、恐惧，我只要一静下心来就感到无尽的后悔，我拼尽全力、祈求上天的帮助。（大阪府，患者儿子）

● 每天，我都在想一些不好的事情。母亲到底去哪里了呢？她的身上到底发生什么事了呢？为什么？

为什么会突然失踪？每天我都在反复想这些问题。不论什么情况下，看到和母亲相似的老年人时，我都会心生希望，难不成……？我总是在想这些事。（东京都，患者女儿）

在上述情况下，大多数家属都会选择首先依靠自己的力量寻找患者，然而不少情况下都未能立即找到。这种时候，要紧的是尽可能地向更多的人寻求帮助。

但是，问卷调查显示，实际情况是，家属往往难以开口向他人寻求帮助。

在搜寻失踪的家人时，家属对向警方或周围的人寻求帮助是否会犹豫呢？对于这一问题，给出"非常犹豫"及"有一定程度的犹豫"这两项回答的人加起来占到了74%（图8）。

实际情况中，除了警方以外还曾向哪些人寻求过帮助？对于这一多选题，有68%的回答者选择了"家人、亲

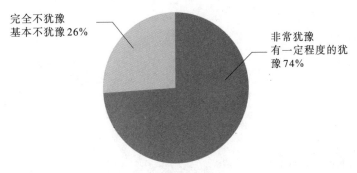

图8　在搜寻失踪的家人时，家属对向警方或周围的人寻求帮助是否会犹豫呢？

戚"这一选项，位列第一；有20%的回答者选择了"看护援助专员"或"邻居"等非家人的选项。

在面对始料未及的事态之时，家属们倾向于独自承担，不向任何人求助……

认知症患者失踪是一个严重的问题，可是与之相关的种种现实情况至今仍远离大众的视野，患者家属的顾虑可能是造成这一结果的背景因素之一吧。

期盼居家看护的声音 需要哪些必要的援助

在如此严峻的情况之下，家属们考虑采取怎样的看护方式呢？

最多的回答是"尽可能继续在家看护"，占比54%（图9）。另一方面，23%的回答者表示"虽然想要在家看护，但难以继续，开始考虑看护机构等其他选项"，还有23%的回答者表示"已无法在家看护，希望患者入住看护机构等设施"。这一结果表明，虽然期盼居家看护的声音占多数，

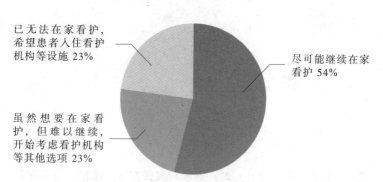

图9 计划采取怎样的看护方式呢？

但要实现并非易事。

为使得家属能够继续对患者进行居家看护，来自自治体及当地的有关人士、社会的援助能够起到多大的作用，是解决这一问题的关键。

然而，从调查问卷的结果可以看出，社会对居家看护的援助力度并不充分。

首先，关于自治体对看护、外出支援等提供的援助措施，11%的家属表示"非常充分"，而有42%的回答者表示"不充分"，是前者的约4倍（图10）。同时，有48%的家属表示"不知道有哪些援助措施"。

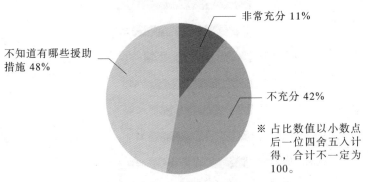

图10　自治体对看护、外出支援等提供的援助措施

其次，关于社会整体所提供的援助措施，有87%的回答者表示"不充分"，这一比例占据了压倒性的大多数（图11）。

那么，深陷绝境的家属们，需要哪些必要的援助呢？关于希望完善的失踪预防及应对措施这一多选题，结果如图12所示。在具体措施方面，最多的回答是关于护工等的

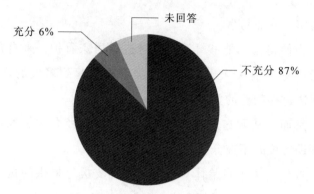

图11　社会整体提供的援助措施

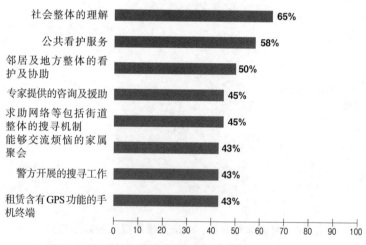

图12　希望完善的失踪预防及应对措施（多选）

"公共看护服务"，超过四成的回答者表示还需要完善其他
对策。

- 现在，我们夫妇二人同住。我自己也年纪大了，
  患有疾病。虽然现在能够使用看护保险服务，也有家

人的帮忙，但对于看护患有认知症的丈夫，我感到越来越力不从心了。但我也不想让他入住看护机构。我感觉社会整体对于认知症患者及家属的看护，还没有足够的理解。我希望今后能够在地方上进一步加深对我们这一群体理解的基础上，完善看护服务。同时，我也希望我们所生活的城镇，能够成为让患者本人及家属都安心居住的地方。（北海道，患者妻子）

● 认知症患者的失踪问题事态紧迫，但就预防而言，看护者力所不及的地方还很多。我希望社会整体都能加深对认知症的理解。（福冈县，患者女儿）

应当做的事情还有很多。反过来说，目前所有的援助手段都不够充分。

本章节传达了深陷痛苦的家人的心声，也通过问卷调查展现了这一群体的整体情况。在此，我们想再记述一则来自因患者失踪而烦恼却坚持继续居家看护的家属的心声。

由此事例所展现的是，家属不独自承担烦恼而是依靠与社会间的纽带，全力看护认知症患者的事实。

丈夫经常走失，我一个人没法一直盯着他。于是，我向警方、自治体，以及附近的邻居告知了丈夫因认知症而可能走失的情况。这一问题并非个人独力可以预防的，因此要紧的是不要独自承担，而要向周围的人寻求理解，这样一来自己心理上也会轻松一些。依

靠着周围人给予的帮助，居家看护总能想办法继续下去的。（东京都町田市，70多岁女性）

　　每个人都想在熟悉的家中继续生活下去，为了实现认知症患者们的这个愿望，许多家属们正在坚持着、努力着。

　　对于通过此次的取材及问卷调查显现出的认知症患者家属的情况，认知症看护研究及研修东京中心的永田久美子研究部部长指出："这次我们所看到的现实是，虽然认知症患者时常走失，但家属却不向他人求助，而是独自苦恼。此后，不应再让家属独自承担这份辛劳、拖延问题的解决时间，社会整体应当共同寻求问题的解决方案，国家及市町村应当尽快推出切实有效的对策。"

　　对直面认知症患者失踪问题的家属而言，出台给他们提供援助的对策方案已刻不容缓，这一课题正考验着社会各个层面的实干能力。

第四章
向社会寻求解答

爱知县铁路事故判决的影响

在取材的过程中，我们将目光聚焦到了有关认知症患者游荡的案件审判过程上。因认知症患者导致的损失、伤害，是否由看护的家人承担责任，是审判过程中关注的争议点。内容如下。

2007年12月，在爱知县大府市的JR共和站，患有认知症的男性（当时91岁）进入轨道，被列车撞击身亡。看护该男子的，是当时85岁的妻子，以及居住在附近的长子的妻子。那天，男子的妻子因看护疲劳而小睡片刻，就在这短短几分钟的时间内，男子离开家兀自游荡。在误入车站后，他被疾驶而过的列车撞击身亡。

事故发生的时间是傍晚的下班高峰，20班列车因此晚点，约2万名乘客受到影响。JR东海公司向家属提出损害赔偿，家属未予回应，该公司便诉诸法律。

2013年8月，该案件的一审在名古屋地方法院开庭，

JR东海方面表示："家属未能采取适当的举措防止该男子游荡，未能给予足够的关注。"法庭认可了JR东海公司的诉求，判决家属支付约720万日元的全额赔偿金。家属随即提出上诉，2014年4月，名古屋高等法院再次认定家属承担事故责任，需支付约360万日元的赔偿款，该案件目前正在最高法院进行再次审理。

这一案件的判决，在看护着认知症患者的家属群体中引起了很大的反响。

"是不是应该把认知症患者锁在房间里才比较好呢？"

"家属必须24小时不间断地看管患者吗？"

看护业者也表示："如果患者离开看护机构、外出游荡，引起事故的话，是不是机构方也要承担责任呢？"各种意见此起彼伏。

认知症患者导致的铁路事故，至少64人死亡

在过去的取材中，我们也多次听闻，认知症患者外出游荡，闯入车站内部或轨道，最终导致事故的发生。那么，每年这样的事故在全国范围内有多少起呢？向国土交通省了解后我们得知，目前还没有关于认知症患者导致事故的统计信息。

然而我们也了解到，当事故导致列车运行受阻的时候，铁路公司有义务向国家提交相关的事故报告书。有时候会在备注栏内说明事故当事者是否为认知症患者。于是，我们向国土交通省提出希望公开信息并获得了报告书。以开

始使用"认知症"一词的2005年为界，在此后的8年时间内，究竟有多少相关事故发生？我们对报告书逐一进行了调查。

经调查发现，在此期间内遭遇事故的认知症患者至少有76人，其中64人死亡。但是这些案例是通过备注栏内写有的"认知症患者，有游荡的习惯"发现的，实际人数可能更多。

无法完全认同的"家属的责任"，赔付80万日元
—— 田中清美（化名）· 43岁/儿媳

实际被卷入事故中的认知症患者的家属们，真实的想法是怎样的呢？我们以国土交通省获取的信息为基础，开始了取材工作。我们对之前所述的报告书内的日期、时间、地点等进行确认，全力寻找是否有信息相吻合的新闻报道或文章。在找到新闻报道后，事故地点距离不远的话，我们便前去走访邻里，寻找事件的知情者，距离较远的话，我们便进行电话采访。

在阅读了一篇记述某件事故的小篇幅报道后，我们拜访了位于关东南部的某市。在广袤的田野中，一条宽广的大河静静流淌，河边有一条铁轨。根据报道所述，2年前一个晚冬的夜里，一名75岁的女性被列车撞击身亡。警察局的记述显示，该女子患有认知症。

我们所掌握的信息不多，只有被撞身亡的女子所在的市名以及下级地区名。我们推测，在这田野辽阔的地区，

该女子不可能走长时间的夜路来到此处，在附近走访一下的话也许就能找到她的家。但是周围只有零星几户住家，不知是否双休日白天的缘故，很多住家都没有人。我们在这片区域转悠了一番，终于找到了一家小小的咖啡店，询问得知，那名女子生前居住在隔壁村庄。根据这个信息，我们前往隔壁村庄，在拜访了数户民家后，终于找到了那名女子的家。

但是那一天，家里没有人，于是我们留下了名片，之后又通过电话说明了我们取材的宗旨，几天后再度前去拜访。迎接我们的是田中清美，她表示愿意讲述死去的婆婆田中康子（化名）的情况。据悉，清美的丈夫在远方工作，康子的看护全都由清美独自承担。

"婆婆（康子）开始出现认知症的症状是七八年前的事。最初是由'被窃妄想'开始的，她时常以为自己的财物被人偷窃了。然后她开始频频表示'想要回娘家'，从去世2年前开始频繁出现游荡症状。"

康子能够骑自行车，时常骑着车就失踪了，有一次在50公里以外的地方被救助。

因列车事故而去世前一年的秋天，康子说着"不回娘家不行啊"，在自行车前筐内放入了堆积如山的柿子，前往自己娘家所在的邻县，路上不慎摔倒，造成了大腿骨折的严重后果。

"那次婆婆住了一个月的院，回家后她便不再骑自行车了，也不出远门了。所以我没想到竟然会发生那样的事故……"

康子发生事故的那天晚上，清美和往常一样，与家人一起吃完晚饭后便洗起碗来。突然往客厅一看，发现电视还开着，但已不见了康子的踪影。清美和孩子们一起急急忙忙地出门，沿着康子娘家所处的方向，边大声呼唤康子的名字，边在手电筒的光照下寻找康子的身影。

然而他们没能找到康子，快要到午夜零点的时候，警方给家中打去电话，让他们尽快赶来。清美他们到达警察局后才得知了康子被列车撞击身亡的事情。

事故发生9个月后，康子家收到了铁路公司寄来的账单。名目是代替运送费用等，需付金额共计约80万日元。那时候清美的丈夫不在家，而且这一金额清美并不是无力支付，她想着还是尽快付清比较好，于是慌忙地支付了这笔费用。但是，在收到账单之前，并没有任何人与清美联系、说明情况，仅用一张薄薄的纸冷漠地索要赔偿金，对于公司的这种应对方式，清美感到难以释怀。

"我们看着的时候，婆婆她是不会出门的，时常是稍不留神她就不见了人影。而且一旦失踪，我们就很难找到她。虽然我匆忙支付了这笔赔偿金，但这样的事故，法院判决'家属承担责任'，让我感到非常奇怪。司法机关、铁路公司如果能够对认知症患者的看护者及具体看护情况有更多了解的话，应该就不会采取这样的应对方式了。"

清美毅然地说着。虽然向她提出了摄像的请求，但遗憾的是未能得到应允。

此后，我们再一次回到了以报告书及报道为基础，不断对死者家属进行采访的工作中去。其中，也有些案例虽然在报告书中记有"被害者患有认知症",但家属却表示"死者并非认知症患者"。死者是否曾被确诊为认知症,诸如此类的信息在未得到证实的情况下,就无法判断其真实性。并且,在有些被提出赔偿请求的案例中,家属常常表示"不想再回忆起那起事件""不想提这件事了",拒绝接受采访。

这也是情有可原的。家人遭遇事故身亡,仅这一事实就令人悲痛不已,还得因给他人带去麻烦而承担赔偿,对于家属而言实在是难以承受吧。但是为了进一步了解事实真相,我们只能逐一拜访当事人、倾听他们的心声,除此之外别无他法。

匆忙确认GPS定位,显示在铁路上
——清政明·61岁／儿子

在取材工作的开展过程中,一名男性答应接受我们的采访,他的母亲于2012年遭遇铁路事故身亡。

清政明居住在静冈县富士宫市,母亲美代子(当时84岁)因铁路事故身亡。在事故发生约5年前,美代子被确诊患上了阿尔茨海默型认知症。她开始出现不清楚物品摆放的位置、无法独自洗澡等特有的症状,虽然需要护理程度为"护理3级",但美代子腿脚灵活,非常喜欢外出。

美代子当时与儿子两人共同生活,自家同时也是政明的事务所。政明是建筑师,外出工作的时间很多,母子俩

虽然同住，但美代子经常白天独自在家。负责美代子看护事宜的看护援助专员曾带着她去了一次附近的日间看护机构，但不知是不是不适应那里的环境，她表示"再也不去了"，拒绝接受日间看护服务。对此感到困扰的政明和看护援助专员最终决定，从周一到周六，每天早晚都请护工来家中帮忙。

美代子曾长年在当地的工厂工作，勤恳劳动的她在被确诊患上认知症后，也经常前往离家1公里左右的当地神社，拿着扫帚做清扫工作，每天要去好几次，日复一日。沿着自家门前的路，往北走约10分钟就能到达神社。途中会经过没有信号灯的斑马线和公交车道。对于美代子独自步行外出一事，政明感到非常担心。于是看护援助专员与富士宫市的职员商讨决定，向美代子步行途经的商店、工厂的工作人员及自治会长等求助，拜托他们一起守护美代子。

看护援助专员们会将这些"安全守护点"标记在地图上，呼吁周边的相关人士提供帮助。富士宫市提出了"要让患有认知症的市民，也能在熟悉的地区带着笑容愉快生活"这一口号，积极完善城市建设，以守护美代子这样游荡的患者为首要任务，推进开展新的措施。

美代子步行途中会经过一家汽车修理工厂，经营工厂的男子说，一天会看到美代子往返于自家和神社好几次。

"那时候我经常会和她打招呼，道声婆婆路上小心。"

男子还告诉我们，如果看到美代子傍晚时分还在走路的话，自己就会劝说她赶紧回家，还会目送她走到离家较近的地方。

美代子在去世之前只走失过一次，那次在神社出来与家方向相反的地区发现了她。美代子的娘家过去就在她得到救助的地区附近，政明觉得："母亲是不是想要回娘家呢？"以此事件为契机，政明为美代子佩戴上了便携型GPS终端。

　　政明在美代子一直穿的围裙口袋中，放入了掌心大小的GPS终端。美代子不在家的时候，他便通过网络搜索得到的位置信息，去接母亲回家。不过，美代子出门主要是前往神社，日落后很少外出，上门护工很少因"不知美代子的去向"而联系政明。

　　即便如此，事故还是发生了。12月的一天晚上，政明回家的时候发现美代子不在家。客厅里摆放着展开的报纸，窗户和窗帘也打开着。美代子的鞋子就摆在玄关，她似乎是光着脚出门的。

　　政明一边祈祷一边搜索GPS终端。GPS位置信息显示，美代子正在离家约2公里、靠近道口的铁路上。政明立刻驱车前往，但为时已晚，事故已经发生了。

　　是否能够预防事故的发生呢？政明自责不已。事故发生4个月后，内心煎熬的政明收到了来自JR东海公司的账单。账单上罗列了包括员工加班费等名目在内的共计16万日元的赔偿金额。信封内只有一张简朴的信纸，除此之外没有任何慰问的话语。政明略感困惑，但也并不是承担不起这笔费用，最终他还是支付了赔偿金。可是政明的内心仍然留有疑问，这一事故的发生真的完全是家属的责任吗？

"对于因认知症而游荡的患者来说，家属不可能24小时全天候看管。哪怕只是短短一分钟的时间没有注意，母亲就不见了踪影。希望社会大众能更多地理解看护者的不易。"

那一天，美代子究竟在想什么？想要去哪里？现在我们已不得而知。政明为母亲选了一张遗像，照片上的美代子微微笑着，背后是漫山樱花盛开的富士山，在母亲的遗像前，政明每天都会双手合十，默默祈福。

稍不留神，妻子便坐上电车，去向不明
——伊藤金政·71岁/丈夫

不少看护着认知症患者的家属都有这样的感受，仅仅依靠家人的力量来防止患者游荡是很难的。神奈川县川崎市的伊藤金政也是其中之一。他的妻子公子（65岁）于7年前被确诊为年轻性阿尔茨海默型认知症。总是微笑着陪伴在金政身边的公子，最近变得穿衣吃饭都无法独立完成，除了去日间看护中心的时间以外，金政总是片刻不离地看护着公子。

伊藤夫妇俩原先在当地经营便利店。公子越来越频繁地忘记向顾客收款，感到异样的金政带着妻子前往医院就诊，公子被确诊为认知症。公子身型非常娇小，患上认知症后仍然喜欢外出。为了能让妻子开心，金政还曾经参加东京新宿的残障人士福利中心举办的试验性认知症患者就业援助活动。

就这样，夫妇俩开始了每周出行的生活，在这期间，

公子曾两次失踪。第一次是在目的地新宿站的厕所，金政上完厕所等着公子，但左等右等都不见她的身影，便拜托路过的行人进入女厕所寻找，但公子却不在里面，似乎已经独自离开了。随后，金政接到了世田谷区内车站的消息，得知公子已乘上了电车去往他处。站员称，公子并没有出站，而是在检票口附近闲逛，路过的人告知站员，站员便将公子叫到了一边仔细询问。这件事发生以后，每次外出，金政的目光总是片刻不离公子，经常紧紧地握住她的手。

公子第二次失踪发生在家中。金政不过一会儿没留神，公子便从玄关外出了，不知去了哪里。这一次，公子坐上了电车，在几站以外的地方得到了救助。

金政这般描述自己当时的心情："如果妻子发生不测的话该怎么办才好，我简直想死的心都有了。"

保护公子的生命安全是第一要务。为了防止公子从家中外出，金政在门窗上加装了两三把锁。他在娇小的公子够不到的地方装锁，或是在门上加装挂锁。即便如此，公子每天还是会有好几次想要外出。金政非常担心公子又会跑出去不见人影，但另一方面，他也想满足公子外出的愿望。于是金政在公子的手腕上戴上了橘黄色的手环，还系上了带子，出行时自己握住带子，不让公子离身半步。原来，橘黄色手环是援助认知症患者的"支持认知症活动"的标志。金政认为这个手环是认知症的象征，想借此向周围的人传达自己正在看护患有认知症的妻子这一信息，出于这个想法，夫妻俩积极地使用着这个手环。金政认为，手环就如同救生索一般，守护着妻子的安全。

即便做了各种防备，但是公子外出的话，离家不远处还有铁路道口这样危险的地方。上下班高峰的时候路闸好几分钟都不会打开，就算打开了，警报音也会立即响起，似乎是在催促行人赶快通过一般。

"若是发生了事故，也不能说家属完全没有责任，但是，真的只有家属必须承担这一责任吗？对于有游荡症状的认知症患者，是不是就真的应该24小时片刻不离地看护呢？是不是应该阻止患者外出呢？这些都是做不到的。我们作为看护家属，每天都在莫大的不安中度日。"

我们对全国23家铁路公司进行了问卷调查，当认知症患者引起铁路事故的时候，是否应该对其提出损害赔偿申请？针对这一问题，8家公司给出了回复。4家公司表示"原则上会提出"，其余4家公司表示"根据情况判断"。但是，包括关于赔偿申请未予回复的公司在内，对于这一问题，我们收到了若干"应以社会整体为单位予以应对"的意见。不难看出，铁路公司也对如何应对这一问题感到苦恼不已。

为使认知症患者在熟悉的住宅、地区继续生活，而不是入住养老院等机构，国家正积极推进各种政策。但是，这样下去很可能只会加重家属的负担。这一问题今后或许会愈发普遍，应当如何应对呢？我们为此请教了民法专家，东北大学的水野纪子教授。

水野教授指出："如今的社会，在发生这样的事故之时，只让家属承担责任，因此为了避免风险，家属可能会把认知症患者关在家中，这些情况的发生着实令人担心。以此为契机，将这一问题作为新的课题，社会整体有必要共同讨论承担风险的方法。"

"独居"的风险
—— 中野忠男（化名）·80多岁

就算有家属在，也无法完全避免患者游荡。还有比这更难以应付的状况，那便是患者独居的情况。我们对居住在大阪府内一住宅小区的中野忠男进行了采访，他今年80多岁，患有重度认知症，目前正过着独居生活。

早上8点30分。看护事务所的护工来到了忠男的家。

"早上好。"

在约10平方米大的和室内，忠男正坐在桌子前。被褥整整齐齐地叠放着。忠男的妻子差不多10年前去世了，自那之后他一直独自生活。

"你是自己叠的被子吗？"

对于护工的提问，忠男"嗯嗯"两声，给予了简短的答复。虽然被子叠得整齐，但桌上放着啤酒空罐、烟灰缸里有大量烟蒂，凌乱不堪。护工开始打扫忠男的房间，整理完桌子后，为他摆上了早餐。

看护忠男的护工告诉我们：

"我们护工来的时候，忠男通常会待在家中。但是等我们打扫完离开了以后，在忠男独自度过的时间里，他经常会出门散步。没有人看护他，如果就那样失踪的话怎么办好呢？我感到非常担心。"

在护工离开后，忠男究竟是怎么度过他的一天的呢？我们对此进行了取材，看到了忠男每天多次外出的生活现状。护工离开后，忠男就离开了家。我们向他打了招呼，跟在他的身后。他走上了一条少有人迹的小区后方的小道，穿过栅栏的缝隙走了出去。只见前方有几家商店。忠男在那里购买了烟酒，然后原路返回。向店主询问后我们得知，忠男有时候早晨光顾，有时候中午才去，时间很分散。但是问起忠男游荡的危险性时，店主表示，忠男的腿脚灵活，看起来并不让人觉得会遇上危险。

　　过了几天，我们和一名女性护工一起来到忠男的家，护工立刻察觉到了异样。

　　"忠男不在家呢。"

　　忠男一直待着的那个房间里不见他的身影。护工马上给看护事务所打去了电话，告之忠男不在家，随后外出寻找。在住宅小区附近寻找了30分钟后，终于看到忠男出现在自家附近。这名女性护工立刻跑到忠男的身边，问道：

　　"你去哪里了呀？吓坏我了。回家吧。"

　　在这一天的看护服务结束后，这名女性护工在看护记录本上，记下了这天早晨忠男不在家的情况。得到允许后，我们翻阅了这本笔记，发现这样的事情频繁发生。忠男随时都可能不见踪影，但无奈他只能继续独居生活，对于这一现状，这名女性护工向我们诉说了内心的煎熬：

　　"就算告诉他不要外出，他也还是会出门，看来无法阻止呢。必须24小时和他在一起，还要跟着他去散步，不紧紧地跟在他的身后的话，就没法在他开始游荡时发现并阻止。话虽然这么说，但24小时跟着他是不可能的。"

忠男曾有一次因游荡险遭不测。2012年8月12日早晨，护工像往常一样来到忠男家中，却发现他不在。以往忠男总会自己回家，但这一天左等右等也不见他回来。相关人员便向警方提交了失踪申报，包括护工等在内的知情者一起寻找忠男的下落，却怎么也找不到。一周后的8月19日，忠男终于被找到了。在距离忠男家约3公里的工厂旁的小巷内，一名工厂员工发现他蹲坐在那里。这名员工这般叙述了发现忠男时的情况：

"我问他叫什么名字他也不知道，问他住址也不知道，于是我就联系了警方。当时他只贴身穿了一件衬衫、赤脚穿着凉鞋，就这样坐在这里。我问他是从哪里来的，他只会说一些简单的词语，根本不能表达意思。"

为忠男提供看护服务的看护事务所负责人说，自己当时已经做了最坏的打算。

"我满心希望忠男能够平安归来。但是，随着时间一天天流逝，说实话，我渐渐地感到事态不妙，总想忠男大概是有生命危险了。"

独居的忠男，就连他何时失踪也不为人知。但是，也不可能为他提供更多的看护了。忠男的看护计划包括每天一两小时的上门看护，以及每周两次的日间看护服务。

忠男的需要护理程度为"护理2级"，如今的看护计划几乎是他可使用的看护服务的上限了。如果要增加服务内容，可能得自己承担费用，对于靠养老金生活的忠男而言，这笔费用是负担不起的。

在看护服务无法覆盖的时间段里，该由谁来照顾忠男呢？我们听闻，看护事务所及自治体将首次与当地居民进行协商。获得允许后，我们前往现场采访。看护事务所的负责人告诉居民，仅仅依靠看护服务是无法全面地守护忠男的。

"通过看护忠男，我们感受到，如果不借助居民们的力量，忠男的安全是无法得到保障的。"

另一方面，居民们也表示，在老龄化住宅小区内，难以为忠男提供更多的特殊守护措施。

"现在做志愿者的人大多年逾八旬，没满的也都快了。现实是，我们这里没有年轻人。邻居们都希望志愿者做这做那，但真的有点难办啊。虽说要积极地向前看，但我们的能力是真的有限。"

这一天的协商并没有就具体的应对措施达成一致。会上，看护事务所的负责人对于过着最低限度生活的忠男的现状，做了如下表述：

"制度上应该要作出改变，如果不作出任何修正的话，认知症患者的居家生活将会愈发艰难，这并不是危言耸听，在不远的将来就会发生。"

2010年有500万名独居老人，这一数字在2035年预计将达到760万，是2010年的约1.5倍（国立社会保障，人口问题研究所推算）。

该怎样守护那些患有认知症的独居老人呢？在对忠男的取材过程中，我们不禁感到，社会和地方都没能制订完善的体制。

专栏③ 失踪的认知症患者 此前的NHK节目报道回顾

樱井义久（NHK报道局社会节目部 总制片）

　　"古老的新问题"——我认为，可以这样来形容认知症导致的失踪问题。

　　很久以前传说中的"老年人神隐①"事例中，也许就有不少是由认知症的游荡所导致的。实际上，近20年前，我曾经在长野县就老年人的游荡事件进行取材，当时也有很多人把"大概是撞上神隐了吧"这样的话挂在嘴边。

　　1996年8月播出的现代特写栏目《游荡老人 请帮忙寻找》这期节目中，在全国范围内对当时已开始成为社会问题的老年人游荡问题进行了采访报道。那时，社会大众对"游荡"的认识还普遍较少，但大家都已认识到，仅依靠家属的搜寻或是向警方递交失踪申报等手段，是很难找到失踪者的。在节目播出前一年，警察厅已向全国呼吁开展"求助网络"的建设。"求助网络"源于北海道钏路市采取的一项方案，随后发展成了系统化的网络体系。但是随着

---

　　① 　日本民间传说认为，突然失踪的人(尤其是小孩子)可能是被神怪藏起来了，这种现象在日语中被称为"神隐し"。

取材工作的开展，我渐渐发现，这一网络并非在每个地方都行之有效。

最终，那期节目所提出的对策的第一步，是考虑如何增强对患有认知症的老年人的守护力度，为平复老年人的不安之情，家人及附近的人们应当切实地表达关心、问候。

在那以后，NHK也时不时会就这一问题播出相关节目。

2003年7月，现代特写栏目《如何预防 老年人的游荡死》节目中，报道了这样的现实情况：有时候失踪者会离开求助网络的范围，去到远在100公里以外的地方。当时，西科姆（SECOM）等公司刚开始提供GPS的搜索服务，有超过4万名老年人使用了这一服务。

2006年的NHK特别节目《认知症 那时候，你在……》、2008年的《难题解决！邻居的潜力》等节目中，就如何控制游荡症状提出了各自的方法论，并介绍了地方上为解决这一难题所作的探索，并告诉社会大众，以看护者的身份应该如何应对认知症患者的游荡情况。

然而，随着老年认知症患者人数的增长，这一问题越发严重。

2010年播出的NHK特别节目《消失的老年人"无缘社会"的黑暗》等节目揭示出的现实情况是，别说是践行对策的第一步"守护老年人"了，邻里街坊连患有认知症的老人"就在那里"都不知道，这种危险的情况十分常见。

现在，已是"认知症患者800万人的时代"。这次2014年的NHK特别节目《走失的1万人》以钏路市的"先进事例"为例，提出了"对策"。

随着地方上人与人之间关系日渐疏离、独居者不断增加，认知症老人的处境越发艰难。与之相对的，在寻找解决对策方面却无甚进展，这是不争的事实。2014年播出的节目并不是终点，而是新的起点。认知症老人的游荡问题是每个人都不得不直面的现实，我们感到自己有必要继续取材之路，将这一问题的现实情况传达给社会大众。

第五章
浮出水面的"身份不明者"

在发达国家日本，也存在"无名氏"吗

最初听到这件事的时候，我们还半信半疑。

"有这样一件事。一名被救助的当事人不知道自己的名字，一直无法确定其身份，只能长期由相关机构收容。"

告诉我们这一信息的是某自治体的负责人。到底有多少因认知症而失踪的患者最终死亡或始终未被找到呢？那时候，我们正在就这一问题对东京都内的自治体进行电话采访。

由于患有认知症，当事人不知道自己是谁、从哪里来，就这样以身份不明的状态被收容，这样的"无名氏"是真实存在的。不过，在那个自治体内目前已没有这样的人了，前文所说的那位当事人已经去世。

收容因饥寒倒在路边等难以辨明身份者的部门的负责人，似乎并不忌讳对外泄露这些信息。接受电话采访的这位相关人士与我们素未谋面，却轻易地告诉了我们存在这样的"无名氏"，由此便可看出，关于此事应该是没有什么

禁言令的。

但是，仅是"无名氏曾经存在"这一点，就已经让人难以置信了。

我们所生活的日本是一个发达国家。登记住址是法律义务，警方也在履行职责，只要家属提交申报就会对失踪人员进行搜寻。如果是当事人自己选择避世或是卷入犯罪活动等，就另当别论了。在认知症患者的案例中，家属一定会竭尽全力地搜寻，警方也应当有能力把握这些案例的特征。

当事人不知道自己的名字，真的就无法判定其身份吗？

抱着种种疑问，在接下来的电话采访中，我们还是在问题列表里加入了一项：这样的"无名氏"是否真的存在？

不久，我们发现在某一自治体内，至今仍存在这样的人。"我们这里真的有呢。"东京都内某区的负责人这样回答我们。出于保护个人信息的立场，对方没有告诉我们详细消息，但我们得知，该当事人确实是由于认知症才记不清自己的姓名的，因而一直以"无名氏"的身份接受救助。

最终，我们的采访请求遭到了拒绝，但对这一事实本身，我们的态度终于由半信半疑转变为了确信不疑，内心燃烧起了近乎愤怒的火苗。

一个活生生的人，虽说不知道自己的姓名，但在游荡出走之后竟无法再回到家人的身边，最终只得以"无名氏"的身份悄然离世。这样的事是不应当发生的。揭露"无名氏"的存在就是提出一个重要的问题：在对待认知症的问题上，我们所处的社会应有的状态是什么样的？我们下定决心，必须要掌握"无名氏"的真实情况。

对全国47个都道府县的警察本部开展问卷调查

"无名氏"的存在，实属意料之外。我们思考着，究竟该怎样探寻真相呢？在放眼望去无处不信息膨胀的现代社会中，这一人群似乎正好存在于信息未覆盖的缝隙中，很难想到哪一组织或机构能掌握其全面的信息。

即便如此，警方经常处理倒在路边的人的收容及善后事宜，应该知道更多信息吧。出于这一想法，我们向全国47个都道府县的警察本部寄送了调查问卷，我们想要了解，认知症老人得到救助后，其中有多少人至今仍处于身份不明的状态。

问卷调查开始一周后，我们逐渐收到了回答。大多数警察机关给出的回答都是"没有这样的案例"或是"不清楚具体情况"，但栃木县警称，这样的案例"在2013年发生过一起"。

我们立刻与县警取得了联系，警察本部参与处理失踪申报及救助等工作的负责人向我们讲述了详情。

据悉，当时是2013年2月，在栃木县内某市，一个人一动不动地坐在车站前，路过的行人将这一情况告知了附近的派出所。警官赶往后发现，当事人是一名年约七八十岁的老年男性，还受了伤，警方立即叫来救护车将其送往医院。该男子不知道自己的名字，也"不知道这里是哪里"，因而他被移送到了市政府的福利事务所。县警根据这些事实情况，认为这名男子可能患有认知症。

于是，我们对负责后续工作的市政府进行了取材。然而，几天后我们收到的回答是，该男子并未被确诊为认知症。

取材至此便画上了句号。市政府的负责人表示："就算未患疾病，一些人也可能因为其他原因不能说出自己的名字。"暗示这件事背后也许存在别的可能性。

与节目播出后引起巨大反响的"柳田久美子"女士见面

究竟还有没有"无名氏"呢？正当我们如此怀疑的时候，群马县警的调查问卷寄回来了："2007年有一名因认知症而得到救助的当事人，后来一直没能确认其身份。"我们向负责的警官致电，电话那头的警官一边确认资料，一边仔细地向我们讲述了当时的情况。

2007年10月30日凌晨0点40分左右，在馆林市的东武线馆林站，站前的派出所接到报警，报警人称站内有一名老年女性一直跟着自己。警官救助了该女子，但是问她叫什么名字，她只回答了"Kumiko"①，连自己的住址也说不上来。由于女子并未受伤，于是当天让她在馆林警察局待了一晚，第二天就将其移送至市政府处理后续事宜了。该女子目前仍在市内的养老院生活着。

这便是关于"柳田三重子"最初的信息。

如果该女子是在2007年被收容的话，至取材时为止已经过去了近7年时间。那么长时间内她一直处于身份不明的

---

① 日语中"久美子"的读音。

状态，这到底是真的吗？

半信半疑之中，我们决定致电馆林市内的特别养老院询问情况。馆林市人口约8万，特别养老院一共只有5家。该女子目前是否仍以身份不明的状态在市内生活，打听一下便能知晓。我们一边想着一边开始了取材工作，第一家联系的特别养老院便给出了出乎意料的回答。

"是的，那名女性现在就住在我们这里。"

电话那一头，声称自己是机构负责人的女性给了明确的答复。

"这名女性应该是在2007年10月或者11月的时候到我们这儿的。当时她的衣着比较整洁，没有携带随身物品。我记得当时在接待室，端出咖啡给她的时候，她表情平静地说着'真香啊'，我对此印象深刻。"

这名女性至今仍以"柳田久美子"的名字在养老院生活着。入住后不久，她便被确诊为阿尔茨海默型认知症。起初她还能与人进行简单的对话，但现在连话都不会讲了，几乎处于卧床不起的状态。

这名女子真的是"无名氏"吗？即便知晓了她的存在，我们对此还是没有真实感，我们向机构负责人传达了取材的目的，表达了我们想拜访养老院、与该女子见面的想法，负责人很快给予了应允。

三枚戒指

2014年2月20日是我们约定拜访养老院的日子，这一天天高云淡、宁静平和，阳光中带着寥寥春意。从东京北千住乘坐东武铁路的特快列车，不到一个小时就能到达馆林市。在工作日的下午，开往郊外的列车上乘客稀少。

从车站去往特别养老院的交通工具只有大约一小时一班的单轨列车，发车时间刚过，于是我们乘坐出租车前往。沿着列车轨道开了不久，在住宅房屋逐渐变得稀疏的时候，我们来到了今天要拜访的目的地——特别养老院"东毛光生园"。

在玄关迎接我们的，正是电话中与我们交谈的机构负责人浜野喜美子。我们被领到了接待室，了解了事情的详细经过。

我们得知了几件颇有意味的事情。首先，当初柳田女士穿着的袜子上写着"Yanagida"①字样，外裤下穿着的厚实的内衣上写着"Mieko"②。

但是，这样一来的话，这名女性的名字是不是应该念作"Mieko"，而不是"Kumiko"呢？

在询问后我们得知，事实上在该女子由市政府移送到老人院的时候，就已经被称呼为"柳田久美子"了。也许是因为在被救助当时，她自称是"Kumiko"吧。但是她穿着的衣物上显示的信息也是至关重要的线索。

随后浜野院长从房间内侧的保险柜中取出了几件物品。

那是在柳田女士被救助当时佩戴的三枚戒指。第一枚是金色的，呈1毫米左右的细铁丝状。第二枚戒指戒托是铂

---

① 日语中"柳田"的读音。
② 日语中"三重子"的读音。

金的，镶嵌着白色的宝石。第三枚戒指是银色的，一看就是结婚戒指。似是年代久远，闪耀着深灰色的光芒。

院长默默地向我们展示了第三枚戒指的内侧，上面清晰地刻着"S to M 5.12"的字样。

这名女性，也是对某个人来说"重要的人"啊。我们心中一震。

至今，这名女性的真实姓名仍然是谜。在被救助之前，她在哪里、过着怎样的生活，她究竟从何处来，我们一概不知。但是想必，不，绝对有人在寻找着她……痛苦的情感涌上心头，几乎要痛呼出声。

浜野院长开口道：

"她刚来我们这儿的时候，政府机关和警方已经进行了彻底的调查，我们也对街上及网络上的寻人信息进行了仔细的调查。但是，仍然无法确定她的身份。"

在确认了柳田女士正醒着的前提下，我们决定与她见面。柳田女士坐在轮椅上，安静地被带至接待室。她的脸上几乎没有表情，眼睛闭合着，对于我们的问话也毫无反应。

即便如此，浜野院长呼唤着"柳田女士、柳田女士"，她还是微微地睁开了眼。但是除此之外没有更多的反应了。

被救助后过去近7年，柳田女士失去了表情和言语

最初入住养老院的时候，柳田女士的脸上总是带着明朗平静的笑容，还能够自主行走、吃饭。她很喜欢音乐，

有时候会弹弹钢琴，院内播放起自己熟悉的歌曲时，她还会跟着小声哼唱。但是，看着现在的柳田女士，我们完全无法想象她过去的样子。

浜野院长静静地握住柳田女士苍白纤细的手，说道：

"当时，只要播放美空云雀或舟木一夫^①等人的歌曲，柳田女士就会跟着一起唱。我们认为她可能与这些歌手是同一年代的。她应该是在这些歌手当红时度过了自己的青春时代。柳田女士肤色很白、皮肤很好，也许是被精心呵护着长大的大小姐。对吧，柳田女士。"

浜野院长温柔地叫着柳田女士的名字，继续道：

"我们认为她一定有家人。但是现在已经过去7年了，没有人来带她回家。在现如今的日本，真的会发生这样的事吗？"

"无名氏"是真实存在的。

从这一天起，我们正式开始了对柳田女士的取材工作。通过此次取材，是否能够帮助确认柳田女士的身份？我们不能确定。即便如此，当今社会怎么会诞生出这样的"无名氏"呢？我们的内心因不知是悲哀还是愤怒的情感而震荡。

首先，我们向馆林市政府寻求协助。养老院方表示，柳田女士并没有成年人监护人。"成年人监护人制度"是15年前开始施行的，指的是在当事人患有认知症或其他残障疾病、不具备完全判断能力的情况下，由他人替代执行财产管理、与单位签约等事宜。监护人一般由当事人的子女、

---

① 美空云雀出生于 1937 年，舟木一夫出生于 1944 年，两人都是日本红极一时的歌坛巨星。

兄弟姐妹担任，或是由家庭法院指派的律师、司法代书人等专业人士担任。但是在柳田女士的案例中，馆林市并没有为她设立成年人监护人。在这种情况下，实际的身份保证人多由行政方面担当。出于保护个人信息的考虑，行政方面通常不会接受这样的采访，但是为了尽可能确认柳田女士的身份，馆林市与负责的部门商讨后决定配合我们的取材工作。

如此一来，我们获得了宝贵的资料及证词。馆林市现在还保留着柳田女士被救助时的照片。在市政府的接待窗口，我们见到了那张照片。

照片上的柳田女士身穿红色花纹长袖针织衫、灰色贴身长裤，她面对镜头，双手放在胸前，满脸笑意。

原来，柳田女士曾是这么美丽、表情丰富的人啊。看着照片上的她衣着整洁的模样，我们可以想象，在游荡、接受救助之前，她曾经被悉心地看护着。

我们还得知，柳田女士被救助时送她去医院的职员现在还在市政府工作，于是我们向他了解了情况。

根据这名职员的描述，柳田女士坐车前往医院的途中，一直笑容满面地哼唱着什么歌曲。跟她说话时，她似乎听不懂话语的含义，但会微笑着点头示意。她给人的印象是"可爱的老奶奶"。这名职员表示，自己在工作完成后仍然牵挂着柳田女士，对于她至今仍身份不明这件事感到非常心痛。

我们想要进一步对柳田女士被救助时的相关工作人员进行采访，于是向管辖馆林站的东武铁路提出了采访的申请。东武方面表示，虽然可以确定当天晚上在站内的4名职员的身份，但他们目前都已离职。同时，我们继续推进对警方的取材工作，对方给予的回答依旧是"我们正尽可能地进行调查，但目前仍然无法确认其身份"。我们向当时救助柳田女士的警官了解了情况，没能得到更多的线索。

　　无论如何，我们对柳田女士得到救助的来龙去脉已经有了大致的了解，于是决定为制作节目开始摄影工作。我们拍摄了柳田女士得到救助的那天晚上待过的馆林站及派出所，并对市政府职员进行了采访。最后一天我们决定对在养老院生活的柳田女士进行拍摄工作。

合着舟木一夫的歌《高三学生》

　　为了不拍摄到养老院的其他入住者，我们决定将拍摄地点定在柳田女士的房间和午餐结束后的食堂。柳田女士无论是躺在床上也好，坐着轮椅在食堂吃饭也好，几乎从不睁眼。就算我们与她打招呼，她也没有任何反应。工作人员帮助她进食时，她也只是微微地动一动嘴。

　　但是，当舟木一夫的《高三学生》的音乐响起时，柳田女士有了变化。这首歌是她过去非常喜欢，也经常听的歌曲。

　　♪ 红色的夕阳 染红了校舍

　　浜野院长握住了柳田女士的右手，伴着节奏轻轻哼唱。

♪ 啊 高三学生

忽然，柳田女士的左手动了起来。

"手！"

一旁的女护工轻声惊呼。

虽然只有短短一瞬，但柳田女士确实是在合着《高三学生》的节奏打拍子。这一瞬间，柳田女士内心深处沉睡着的某种情感，对熟悉的音乐声作出了反应。柳田女士并不是什么都不知道。她走过了自己的人生，雀跃着、欢笑着的人生之路。我们对此深信不疑。

然而，音乐停止了之后，柳田女士又像什么事都没发生过一般开始午睡了。

那时我们已决定，在5月11日的NHK特别节目中播出关于柳田女士的报道。柳田女士的结婚戒指内印刻着的日期，正是播出日期的第二天，5月12日。虽然这只是一个巧合，但我们还是抱着节目播出后事情能有所新进展的祈愿之心，开始了剪辑工作。

向大阪"无名氏"的成年人监护人申请取材

我们在对全国警察进行问卷调查的同时，还对各地自治体分别进行电话采访，以确认"无名氏"是否得到妥善的救助。

一名大阪市的负责人告诉我们："确实有一名患有认知症、身份不明的男性在我们这里接受救助。"

这里也出现了"无名氏"。

大阪市设有"需要援助看护的残障者与高龄者紧急临时保护事业",这一保护制度的对象群体除了认知症患者之外,还包括逃离虐待的人等,该制度为保护社会弱势群体出了一份力。因此我们认为,大阪市的保护对象中很可能存在"无名氏"。

我们很快与负责人见面,开始了取材。

然而,我们得到的只是碎片般的信息。

"救助是2年前的事了""当事人现在大阪市内指定的保护机构",我们掌握了这些信息。但市级层面表态称:"因涉及当事人个人信息,无法告知具体的机构地点及名称。"我们也无法勉强自治体,因而对市级层面的取材没法更进一步了。

我们向市级负责人这般解释道:"这可能会成为重大社会问题,我们的取材说不定会对确认当事人身份产生积极的影响。"最终我们得知,这名"无名氏"已被选派了"成年人监护人",以承担其监护职责。

为进一步开展取材工作,我们必须说服这名监护人。

我们通过市级层面与这名监护人取得了联系,提出采访请求。

几天后,市级负责人向我们转达了对方的回复。

担任成年人监护人的是司法代书人山内铁夫。他表示愿意与我们交谈,并留下了自己的联系方式。山内是日本司法代书人协会的副会长,是一名经验丰富的监护人。

我们想尽快与他取得联系。但当时山内事务繁忙,在约两周后的2月21日，我们才终于正式联系上了他。本来我们想与他直接会面并协商采访事宜，但最终只是约定了通过电话进行交流。

"这次采访对今后的工作开展至关重要。"怀着紧张的心情，我们用微微冒汗的手拿起手机，拨通了电话。

"NHK的话，是需要摄像的对吧。"

用我们的话来说，山内是一个"习惯于接受采访"的人。

山内对于我们报道的立场和取材宗旨都很了解，因而对话进展得很快，但他也没有当场就答应我们的采访请求。

原因主要有两个。

第一是，不清楚当事人入住的机构是否同意接受采访。第二是，不确定到底应该由谁来决定是否接受采访。

第一个原因是最主要的。我们也深知，机构的配合必不可少。从山内处了解到机构的信息后，我们决定通过其他途径进行采访的交涉。

然而更让人烦恼的，是第二个原因。

成年人监护人的主要职责是承担被监护人的"财产管理"及"生命监护"工作。其中，"生命监护"指的是，为使被监护人过上安定的生活，监护人与机构或看护业者签订服务协议等事宜。但是，监护人的权限也受限制，无法对被监护人是否接受预防接种等医疗行为作出决定。其中，对于被监护人接受采访一事，到底能否由监护人来决定，就连经验丰富的山内也深感烦恼。

通话的最后，山内说道："总之请你们先与机构方进行取材交涉。过一段时间就会有结论的。到时我再次联系你们。"挂断电话，我们再度重申，希望能够得到肯定的回复。"不管怎么说，首要任务是确定这名男性的身份。"山内的这句话让我们感到大有希望。

在向机构方面提出取材申请书后，我们一直等着山内的回电。

大约10天过后，山内打来了电话。

"事关当事人身份的确定，我决定接受采访。"

最终山内作出了如下判断。

除了当事人及其家人之外，任何人都无法决定是否接受采访。因此，即便是监护人也无法作出拒绝接受采访的判断。因为此事可能关系到当事人的身份确认（关乎本人的利益），他没有权利拒绝NHK的取材请求。

姓名、生日都非真实的"太郎"，我们能播出他的影像吗

3月13日，我们拜访了这名男性生活的养老院。

在大阪市大正区与大阪湾相近的地区坐落着许多看护或医疗机构。由社会福利组织"大阪府济生会"所运营的特别养老院"第二大正园"便是其中之一。

我们拜访养老院的时间，是晚饭前相对悠闲的时段。大厅内，入住者正怡然地享受着各自的时光。

其中有一名男性正静静地盘腿坐在挨近入口处的沙发上，凝视着远方。

他就是"无名氏"。

这名男子患有重度认知症，被救助后2年的时间内，始

终无法弄清他的姓名、年龄以及住址信息。

出于接受生活保护等的需要，这名男子取了一个"太郎"的假名。出生日期也是根据外表推测的，暂定为"昭和十七年^①一月一日"。

"太郎"的床边摆放着一块生日纪念板，上面写着"祝您生日快乐"的字样，下方还贴着一张1月1日庆祝生日时拍摄的照片。

为与"太郎"直接对话，我们前往其他房间。养老院的工作人员引导"太郎"前行，他的步伐稳健有力。我们开始向"太郎"提问。

> 记者：我们是 NHK 的记者。初次见面。
> "太郎"：嗯。
> 记者：我们想帮助"太郎"先生找到家人。
> "太郎"：……

"太郎"低下了头。这时候，养老院的员工石村阳一给了我们建议。石村从2年前入职以来就一直看护着"太郎"。

"他无法理解长问题。可以用两三个词语，让他回答是或不是。"

> 记者：您知道 NHK 吗？
> "太郎"：我知道。

---

① 1942 年。

记者：您可以接受我们的采访吗？

"太郎"：嗯。

记者：还是您不想接受采访呢？

"太郎"：嗯。

记者："太郎"先生，您想见到自己的家人吗？

"太郎"：嗯。

"太郎"得到救助的地点是大阪市内距离阪神电铁的车站很近的人行道上。据悉，当时还不到早晨8点，在许多上班族来来往往的路上，"太郎"独自静坐着。

过往的行人向大阪府警方报警称有可疑的人物，随后"太郎"得到了警察局的救助，但是他无法告知警方自己的姓名、年龄、住址等信息。

当时"太郎"身穿浅蓝色宽松夹克和同色运动衫，还有灰色的羊毛衫。在检查了衣服上的标签后，没有发现姓名信息。"太郎"脚上穿着穿脱方便、带有魔术贴的运动鞋，还穿着纸尿裤。显然"太郎"不久之前还在接受某人的看护。

"太郎"被救助之后，大阪府警方对失踪申报进行了确认，查看是否有符合条件的男性失踪者，但是并没有发现线索。于是大阪府警方制作了"迷路者查询书"，附上了"太郎"的正面照，并将这一文件发送给全国各警察本部，以寻求线索。虽然收到过若干次来确认信息的询问，但最终也没能确认"太郎"的身份。

大阪市利用"有援助看护需要的残疾人士与高龄者紧

急临时保护事业"的相关制度，临时对"太郎"进行救助收容。但是，这一制度的目的只是"临时保护"，期限仅两周。因此，大阪市寻找起了能够长期接受"太郎"入住的机构。

"太郎"腿脚灵活、能够自由走动，但是由于身患重度认知症，在如厕、洗浴等方面都需要看护。能够接受"太郎"入住的地方只有特别养老院了。

但是近来，想要入住特别养老院的人数量众多，每所机构都需要排队等待。因此，"太郎"的入住申请遭到了约30所机构的拒绝。市政府的相关负责人继续向市内的机构致电询问，终于找到了"太郎"现在入住的"第二大正园"。

事实上，在该养老院内部，对于是否应该接受此次采访，也存在着巨大的分歧。

养老院方面最大的担忧是"确认身份对于本人来说并不一定是件好事"。

比如，万一"太郎"背负高额贷款，债权者有可能会追到养老院来，或是万一"太郎"的家人并没有在等待他回家。

深究下去的话，会有各种风险。养老院的干部们开会商讨对策，展开了激烈的讨论。

在这个过程中，石村的发言使事态产生了变化。

"你们要剥夺他与家人重逢的权利吗？"

这句话使干部们的内心产生了震动，讨论向着接受采访的方向展开。

于是，院方提出两项条件：① 对机构匿名，② 不给其他入住者添麻烦。在遵守条件的前提下，我们得以开展采访工作（本书再版之际，我们获得了公开养老院名称的许可）。

据石村介绍，"太郎"刚来到养老院的时候，还是能够进行一定程度的对话的。

但是随着时间的流逝，也许是由于认知症症状逐渐加重，他渐渐不怎么说话了。对于我们的采访，他只能对是或不是的问题作出"嗯"之类的回答，如果连续问好几个问题或者难以回答的问题，他便会低下头去，沉默不语。

根据目前为止的对话信息，石村总结出以下几点：

• "太郎"有孩子

• "太郎"曾经去过尼崎市的园田赛马场和大阪市的住之江赛艇场

• "太郎"曾经从事与建筑现场相关的工作

我们所采访的对象，身份、来历不明。我们似乎窥见了认知症这一疾病的残酷和影响深重。

"这是重大的社会问题。"在与"太郎"见面后，我们确信了这一点。

但是另一方面，我们能够直接将"太郎"的影像播出吗？对于这一问题，我们踌躇不决。

一般情况下，在对认知症患者采访时，关于本人的隐私等事宜，会与其亲属协商以征得同意。但是就"太郎"的情况而言，就算想要征得家属同意，连其家人在哪儿都无从查起。但是如果不播出的话，也就没法获得能够确定身份的信息，失去了报道的意义。在同时进行采访的柳田的案例中，这也是一个必须解决的问题。

我们在向律师咨询过后，总结了取材的方针。

在"太郎"的案例中，能够等同于本人或家属作出判断的，是立场最接近的成年人监护人和养老院。如果在取材上能得到这两者的协助，并且受访者本人面对镜头时没有表示拒绝的意思，就可视为已获得了播出的许可。

并且最重要的是，在节目播出后，若能因此在身份的确认上取得进展，对"太郎"自身也有益处。柳田女士的情况也是一样。

这些情况都是我们未曾遇到过的。我们一边摸索，一边推进取材工作。

在"NHK新闻7"节目中向全国报道

在4月4日这一天，我们开始了拍摄工作。那天阳光温暖明媚，已有了春日的气息。"太郎"坐在老位子——大厅内的红沙发上。他总是凝视着远处。

摄影中，"太郎"突然站起身来。

他似乎是想回自己的房间，但不知道具体的方位，所以进了其他人的房间，打算爬上床、钻进被子里。

注意到这一切的石村追了上去，抱着"太郎"的肩膀笑着说："不是这间房间。"闻言，"太郎"也眯着眼笑起来："搞错了啊。"随后回到了自己的房间。

石村告诉我们，如果面带笑容与"太郎"说话的话，他也一定会面带笑容地回答。

对此石村是这么理解的："他不知道自己的身份、来历，也不知道自己身在何处，在这般不安的状况中，他把每个面带笑容与自己对话的人都看作是自己的伙伴吧，因而回以笑容。"

我们还拍摄了"太郎"在养老院附近的公园内散步的样子。

在拍摄中我们格外留心，不让人看出是哪家公园，避免暴露养老院的信息。

"太郎"的步速很快。身边陪同的职员会牵着他的手同行，他几乎是拉着对方前进。

当时樱花盛开。

职员："太郎"，樱花很美呢。

"太郎"：嗯。

职员："太郎"，看到樱花你有没有想起些什么？

"太郎"：有。

职员：你想起了什么呀？以前住的地方吗？

"太郎"：嗯。

比起樱花，"太郎"似乎更在意附近行驶的公交车和汽车。

职员："太郎"，你对汽车有印象吗？

"太郎"：嗯。

职员："太郎"，你是坐公交车来的吗？还是坐电车呢？

"太郎"：电车。

职员：啊？电车？

"太郎"：嗯。

对"太郎"进行采访的，不仅仅是我们。

在我与山内取得联系后，《每日新闻》也以同样的目的对山内进行了采访。长久以来，《每日新闻》就一直专注于宣传认知症的问题。虽说我们与《每日新闻》都在对同一主题进行取材，但取材时间点的重叠完全是偶然。

通过取材我们看到了"无名氏"的真实状况。

我们不断推进对柳田和"太郎"的采访工作，不知不觉距离5月11日节目播出这一天只剩一个月时间了。我们以《走失的1万人》为题，每天在新闻中及网站上进行联动的宣传报道。

当时，通过对自治体的取材及警方的问卷调查，我们在全国范围内发现了4名患有或疑似患有认知症的"无名氏"。这4人包括居住在东京都内的一人、柳田、"太郎"，以及另一名当事人（最后的这名当事人最初被认为"疑似患有认知症"，但后来经确认并非认知症患者）。

面对严酷的现实，在节目及宣传中，我们应该怎样对"无名氏"的情况进行报道呢？关于这一问题，我们进行了详细的讨论。

毋庸置疑的是，通过目前为止的取材，我们所了解到的事实仅仅是冰山一角。首先，我们需要将这些事实以有意义的形式展现给观众，将过去不为人所知的"无名氏"的问题向社会广泛传播，我们所达成的共识是，眼下最重要的事是通过报道，向社会寻求解决对策。

另一方面，节目播出后，到底会引起怎样的反响？能否得到"无名氏"身份的相关信息？这一切全都是未知数。

目前为止接受我们采访的，只有柳田与"太郎"两人。我们的报道可以说几乎是确认两人身份的唯一希望。馆林的浜野院长、大阪的山内和石村，他们都竭尽所能地搜寻两人的身份信息，也期待通过我们的报道能够有所收获，因而尽全力配合我们取材。如果可能的话，我们希望能够帮助柳田和"太郎"，尽快实现他们与家人的重逢。

我们决定，在4月19日星期六播出的"NHK新闻7"节目中，以《因认知症或疑似认知症而身份不明、接受救助的人 全国至少有4人》为题，对"太郎"的故事进行报道。

"太郎"的故事先于柳田的故事播出，有这样几个理由。

事实关系的确认等取材工作已经完成；"太郎"是在2年前被救助的，相比约7年前得到救助的柳田，得到有价值的线索的可能性更高。

此外，《每日新闻》同时在对"太郎"进行采访，这也产生了一些影响。作为记者，我们有必要优先对重大社会问题进行报道。

最终，《每日新闻》于同一天的晨报上对"太郎"的故事进行了报道，日期重叠也是完全的巧合。

"太郎"与家人重逢

节目播出后过了2天。

我们抱着不知能否立刻得到观众反馈的忐忑心情，在节目播出后的周六、周日2天，随时都准备着可能要采访"太郎"的家人。

但是，到了第二周的周一，我们和山内都没有得到有用的信息。

果然还是身份不明啊。

抱着这样的想法，时间到了周一傍晚。NHK话务中心的负责人给取材组打来了电话。

"关于认知症的节目，有观众致电询问。"

"终于来了！"取材组同事们既兴奋又紧张。

给话务中心打去电话的，是兵库县内自治体的职员。

具体询问内容如下。"一名女性来到政府窗口咨询，称19日NHK的节目中出现的人可能是自己的丈夫，她想在网上通过视频再确认一下，但是不知道如何使用网络。"

我们立刻拜访了向话务中心致电的自治体职员。

据悉，那名女性经常访问自治体的咨询窗口。

自2年前丈夫失踪以来，她多次出现精神不稳定的状况，对此感到担忧的职员经常为其提供咨询服务。因此，当得知NHK的节目中出现的人可能是她的丈夫后，该职员立刻给话务中心打去了电话。

除了自治体职员以外，这名女性还为此事向兵库县警方寻求帮助。因此，山内也接到了兵库县警方的联络。对方询问能否告知"太郎"入住的机构信息。

山内不知道这名女子是否就是"太郎"的妻子，慎重起见，他决定在让女子与"太郎"见面之前，先确认一下她的身份。万一这名女性是冒充的话，贸然让他们相见可能发生无法挽回的事情。

4月27日，节目播出8天后，相关人员聚集在山内的司法代书人事务所内。相关人员包括山内、自称是"太郎"妻子的女子及其长女、兵库县警，我们也获得许可得以在场。

山内首先向这名女性询问了她的住址、姓名，以及失踪的丈夫的姓名，然后询问了其认为"太郎"就是自己丈夫的缘由。

女子称，节目播出的2天后，自己前去经常就诊的医院。有一名医生收看了周六的"新闻7"，告诉她"你失踪的丈夫出现在NHK节目里了"。于是女子前往自治体的机构，想要在网上确认节目中出现的人到底是不是丈夫，并且联系了警方。随后，自治体的职员与NHK话务中心取得了联系。

对于女子是否"太郎"的妻子，山内进行了进一步的确认。

山内：你有明确的证据证明"太郎"就是你的丈

夫吗？比如你丈夫的身上有没有什么特征，或是有较明显的伤疤吗？……

　　女子：他做过盲肠手术，但伤疤的话没有吧。

　　山内怎么也想不起来"太郎"是否有盲肠手术的痕迹，于是立刻询问了养老院的石村。随后发现"太郎"的侧腹处的确有很早以前的手术痕迹，这是山内和石村此前都不知道的。

　　山内：你还记得丈夫失踪时的穿着吗？

　　女子：蓝色的运动衫。那是在日用品超市新买的，因此还没有写上名字。真的觉得很对不起丈夫啊。

　　山内：（出示照片）是这件？

　　女子：是啊。

　　山内：鞋子呢？

　　女子：运动鞋。上面有魔术贴。

　　我们确信，这名女子就是"太郎"的妻子。

　　于是，山内与"太郎"的妻子立刻前往"太郎"居住的养老院。在"太郎"的房间内，夫妻二人时隔2年再度相见。

　　女子（妻子）：孩子他爸、孩子他爸。

　　山内：这是你的丈夫没错吧？

　　女子（妻子）：没错。能找到他真是太好了。是不是长胖了点呢。

"太郎"与妻子的见面持续了一个多小时，他们都沉浸在重逢的喜悦中。那一刻，"太郎"终于找回了自己真实的姓名。

"太郎"为何当了2年身份不明者

"太郎"是一名74岁的男性，居住在兵库县内。

他过去从事与涂装相关的工作，爱好是赛马。石村从他的话语中所了解到的零碎的信息确实都是正确的。

2年前，2012年3月8日，晚间。

这一天，为了给受伤的长女看病，"太郎"与妻女3人一道去了医院。

回家的路上，"太郎"突然消失了。

当时的"太郎"已经出现了认知症的症状。他曾2次下落不明，其中一次还是在外县被发现的。妻子平时对他会多加留心，但是在照顾受伤的长女时，稍不留神，"太郎"就不见了踪影。

妻子立刻向警方递交了失踪申报，并提供了"太郎"的正面照。

接到申报的兵库县警方遂利用警察无线设备将"太郎"的体貌特征、穿着服装、患有认知症的事实等信息进行了扩散，着手开始搜寻工作。同时，警方还通过长期保持的社会联络网，以传真的方式向附近的便利店、公共交通设施征集线索。除此之外，有关信息还被录入了全国警察网络系统中。

然而，没能得到任何线索。

3天后的早晨，"太郎"得到了救助。

他得到救助的地点距离失踪地点仅数公里之遥，但那里并不属于兵库县，而是归县境河另一边的大阪府管辖，这一事实极大地左右了"太郎"此后2年的生活。

为什么在这2年的时间内没能确认"太郎"的身份呢？

随着取材的深入，我们意识到，全国的警察本部之间的信息共享手段并不全面。

全国的警察可以使用在线系统录入或搜索失踪者的信息。可供录入的信息共15个条目，包括当事人姓名、住址、出生日期及身高、身体特征等。

兵库县警在系统中录入了"太郎"的相关信息。但是，由家属提供的当事人正面照、失踪当时的着装等信息并未被录入系统，这些具体信息只在兵库县警内部得到了共享。

另一方面，对"太郎"予以救助的大阪府警也曾想利用在线系统调查"太郎"的身份。但是在这一系统内，能够检索的条目只有当事人姓名，因此大阪府警无法搜索到兵库县警所录入的信息。

于是，大阪府警将印有"太郎"照片和着装信息的"迷路者查询书"寄送给了全国的警察本部，以确认是否有情况吻合的失踪男性申报。

兵库县警理应也收到了这份"迷路者查询书"。

据兵库县警介绍，收到查询书的时候，他们会对照县内48所警察局接到的失踪申报进行人工核查。

在"太郎"的案例中，他从失踪至被保护只经过了3天时间，并且失踪地点与被保护地点较近，但是信息最终也没能匹配成功。

当"迷路者查询书"与失踪申报的信息出现交集的时候，就有可能立刻确认失踪者的身份，但是这种情况并没有发生。

兵库县警表示："'迷路者查询书'的保管期限只有1年，2年前是否接收到了查询书，以及当时进行了怎样的核查工作，都已无从查证。"

"太郎"与家人重逢后没过多久，养老院内"太郎"房间内的姓名牌从"太郎"换成了他的本名。

床边贴着的生日祝贺照片上的日期，也由假设的"1月1日"改成了真实的生日。

但是，这名曾被称作"太郎"的男子在与家人重逢后不久，便因身体状况不佳而住院，现在处于卧床不起的状态，不知何时才能回家。

这失去的2年时间里，这名男子与其家人的人生都发生了巨大的变化。

节目播出30分钟后，观众提供了"柳田久美子"的信息

在5月11日播出的NHK特别节目中，报道了在群马县馆林市内接受救助的"柳田久美子"的故事。节目述说了这名女性失踪及被救助后的详细情况，包括她的真实姓名不详，"柳田久美子"这个名字是通过被救助当时的随身物

品以及她自己的表述推测出来的，还有这名女子用这个名字在养老院生活了近7年等。节目也介绍了她被发现时身穿的内衣上写着的名字并不是"Kumiko"（久美子）而是"Mieko"（三重子）这一情况。

为了应对与节目相关的咨询，我们聚集在了位于东京涉谷的节目中心。通过之前的节目，"太郎"的身份得以确认，这次我们也隐隐地期待着，能够获得与柳田女士身份相关的信息。

NHK为回应观众的咨询所设立的"话务中心"的工作时间至晚间10点为止，而我们的节目结束时间是晚间的9点49分，虽然在播出当天就获得线索可能较为困难，但我们还是事先拜托了话务中心，如果有与当事人身份相关的问询，立刻与记者联系。

晚间9点开始的节目顺利播出，柳田女士的镜头得以传播出去了。9点30分左右的时候，记者的手机突然响了。当时在场的约10名工作人员立刻紧张了起来。

"喂。"

"我是话务中心的工作人员。现在正在播出的NHK特别节目，有观众致电咨询了……"

我们立刻向指定号码回拨了电话，一名老年女性接了电话，气喘吁吁地向我们讲述起自己所知道的情况。

女子：我现在住在浅草，但是刚刚电视里播放的住在群马的养老院内的女性，好像是我认识的人。

记者：真的吗？那名女性是谁呢？

女子：柳田女士啊，她是过去这边书店家的女儿。她似乎在哪里做过播音员呢。她失踪后已经过去几年了，我在想电视里的人会不会就是她呢。

记者：如果电视里的柳田女士真的是您认识的人的话，冒昧地问一下，您和她是什么关系呢？

女子：她是我女儿同学的妈妈。所以我和她的关系也并没有那么亲近……但是我记得她的名字应该是"Mieko"。

Mieko，和柳田女士衣服上写着的名字一致。这无疑是准确度很高的信息。我们不禁战栗起来。

差不多同一时间，另一名工作人员接到电话，来电人称电视里的女性似乎是居住在浅草的柳田女士。后来的这通电话为我们提供了柳田女士家人的信息。

"虽然她的长相变化很大，但是我认为她就是我认识的柳田女士。她的丈夫现在应该还住在浅草。"

我们根据这一线索查看了住宅地图，发现来电人提供的住址附近的确有挂着"柳田"名牌的住宅。我们立刻让一旁待机的记者查询NTT①黄页，确认了该住户的电话号码。

这时候已是晚间10点了。虽然有点晚了，但我们还是下决心拨通了电话。

我们拨号的手因紧张而颤抖。柳田女士的家人不知有

---

① NTT 即日本电报电话公司（Nippon Telegraph & Telephone），是全球最大电信公司之一。

没有收看我们的节目呢？

电话响了一声、两声……不一会儿，一个较为低沉的男声从话筒那头传来。

"你好。"

这个人便是柳田女士的丈夫，滋夫先生。

"啊，我刚刚接到了许多来自家人和熟人的电话，我也是节目播出到一半的时候才打开电视的。最后的时候，我看到了。没错，那就是我的妻子。名字是三重县的'三重'加上孩子的'子'，三重子。"

我们一时无言。终于找到了一直以来苦苦寻找的柳田女士的家人，这一瞬间，柳田女士终于找回了她真正的名字。

"她失踪后我一直在寻找，但已经几乎放弃了……到今年就正好7年了，我想着要提交户籍失踪宣告……没想到，真的有神明的存在啊……"

听到滋夫的这番话，我们热泪盈眶。

约7年后的重逢和失去的时光

节目播出后第二天的早晨，我们前去与滋夫见面。滋夫的肤色黝黑，看上去很年轻，据悉他在东京的广播局工作过很长一段时间。在他家的房间里，他向我们讲述了三重子失踪的经过，以及自己不断寻找的日日夜夜。

据滋夫介绍，三重子失踪的日子是2007年10月29日。在失踪的几年前，三重子已患上了认知症。当时滋夫还在工作，于是由同住的滋夫母亲代为照顾三重子。那时候她的症状较轻，但是也曾出现过独自离家的情况，或是迷路后不知如何回家。为了防止其在家人没注意时外出，滋夫正打算着要在玄关装设感应装置，不想这时候三重子却失踪了。

那一天，三重子也像往常一样，午后时分从日间看护中心回到家中，之后的时间她也应当待在家里的。但是那天傍晚，滋夫的母亲回家的时候却不见三重子的身影。滋夫的母亲立刻与滋夫取得了联系，慌忙赶回家的滋夫外出寻找，骑着自行车从浅草一带行至隅田川对岸，一路大声呼喊三重子的名字。

然而，这一天滋夫没能找到三重子。第二天一家人全员出动，仍然没发现三重子的下落。

一家人制作了印有大幅三重子正面照的寻人启事，在浅草的街头边走边贴。他们也向当地的浅草警察局提交了搜索申请，并提供了几百份寻人启事。警察局的工作人员承诺："会在关东近郊的派出所部署搜寻工作。"

但是，新年到了，春天来了，三重子依旧下落不明。她出门时装束平常，什么东西也没带，没人想到她会走远。家人每天都在周边地区搜寻，还多次前往警察局询问情况，始终未能得到任何线索。警方表示，他们已在近邻的县开展了搜索工作，除此之外也别无他法了。

只有一次，三重子的家人接到警方通知，称发现一具女性遗体，死者的年龄、身材都与三重子相仿。家属战战兢兢前往警察局，发现这名死者并不是三重子，这才松了一口气。一家人的寻人工作还在继续，但是依旧毫无线索。

时间慢慢流逝，就这样过去了7年。

"我以为三重子已经离开人世了。真的，到今年秋天，距离三重子失踪就过去整整7年了，我本想着到那时办理失踪宣告，让寻人工作画下句号。"

我们还得知，三重子被救助时口中念叨的"Kumiko"是她与滋夫的女儿的名字"久美子"。患上了认知症的三重子，虽然忘记了自己的名字，但自己养育长大的女儿的名字，这个她一直呼唤的名字，却清晰地印刻在她的记忆中。一想到这，我们便百感交集。

我们决定与滋夫一起前往三重子所在的养老院。一路向馆林方向驶去，高速公路上车不多，路况顺畅。

"马上就要与您的太太见面了呢。"

"是啊。"

"您想对她说什么呢？"

"说真的，我不知道该说什么。因为我不知道孩子他妈现在到底是什么状况。现在她已经不会说话了吧……"

我们只能点了点头。"重逢的喜悦"，这个好听的词汇显然无法概括他此时复杂的情感，比如时间所带来的隔阂。

滋夫一路上话很少。他神情略显僵硬，不停地望向窗外，喉咙时常发出"咕嘟"的吞咽声。

沐浴在5月明媚的阳光之中，经过一个小时的行驶，车终于进入了馆林市内。到达养老院后，我们下了车，走向玄关，只见一直以来照顾着三重子的浜野院长正强忍眼泪，站在玄关处等着我们。

"久等了……"

滋夫沉默着向院长鞠躬致意。随后在院长的催促下，看护员工推着三重子所坐的轮椅，向滋夫走来。

"三重子、三重子。"

滋夫唤着她的名字，握住了她的手。

"柳田女士，这是您的丈夫啊。他来看你啦。"

院长的眼里已噙满泪水。

但是，三重子却没有任何反应。

7年的岁月流逝是残酷的事实，横亘在两人之间。这一隔阂之深，非短暂的重逢所能填补的。

滋夫的脸上似乎看不出喜悦，我们也说不上来。他好像在强忍着什么，默默地伫立着。

取材结束后，我们离开了养老院。滋夫虽然有必要与院长及馆林市的工作人员就此前及今后的事情进行沟通，但此次访问养老院最重要的目的是确认三重子的身份，因此与三重子见面后，滋夫就返回了东京。

那天夜里晚些时候，滋夫给记者打来了电话。滋夫回到东京后，向家人讲述了与三重子见面的事情，此后为了平复自己的心情，他又去了早就约好要参加的同学聚会。店内的电视在播放NHK的"新闻7"节目，报道的正是三重子的身份被确认一事，一同观看节目的滋夫的老友们，流着泪举杯祝贺他："真的是太好了！"

"听了朋友们的话，我才真正意识到，我终于找到妻子了啊。不，是你们帮助我的。是你们帮我找到妻子的。真的很感谢你们。"

亲眼见证滋夫与三重子重逢的场景时，我们其实有些不知所措，内心充满了复杂的情感。滋夫的话似乎消除了我们的顾虑，让我们安下心来，心情也更为明朗。

有分歧的说明

东京浅草失踪的患有认知症的女性，在群马县的看护机构中生活了近7年时间。从她的身份被确认的第二天开始，这一事件就被新闻报纸和其他电视台大肆报道。

其中值得关注的，是对这一事件发生原因进行的追问。为追究其原因，对三重子失踪后收到家属提交的搜索申请的东京警视厅和对三重子进行收容保护的群马县警这两方面，都立即开始了查证工作。

结果显示，在三重子失踪后，警视厅在全国失踪者信息网络共享平台上，将"柳田三重子"及相同读音的其他名字，以及三重子的身高等体貌特征都录入了系统。在三重子失踪第二年的1月，警视厅还将家属制作的印有其正面照的寻人启事分发给了邻近的县。但是，当时到底分发给了哪些县，目前已不得而知。

另一方面，在节目播出后，群马县警面对NHK等各新闻媒体的采访时表示，近7年前三重子被救助之时，他们所掌握的信息除了"Emiko"这一名字以外，并无其他。在三重子被救助6年后的2013年12月，警方在与机构方面联系后，才第一次得知"Yanagida"这一姓氏。

这番说辞站不住脚。在节目播出前，群马县警的负责人在采访中告诉我们，在三重子得到救助的2007年10月，他们就已检索过"Yanagida Mieko"这一姓名。并且三重子此前生活过的养老院的浜野院长也表示，自己不记得警方在2013年12月曾向院方询问过三重子姓名的相关事宜。

似乎事有蹊跷。带着这一疑虑，我们再次前往曾参与三重子救助工作的馆林市政府进行取材。

在那里，我们发现了一封传真。在三重子被救助的2013年7月30日的上午9时许，馆林警察局给市政府发送了这封传真，内容是关于三重子的相关信息共享。

传真的标题为《认知症老人救助事件》，内容如下。

> 下述事件的当事人于2007年10月30日上午0点40分左右，在群马县馆林市本町二丁目一番一号附近的路上游荡。由于患有认知症，当事人不能表述自身情况。
>
> ● 自称　Yanagida Kumiko，"但是内裤上写的是Mieko"
>
> ● 年龄　60至70岁
>
> ● 身高　154厘米
>
> ● 体格　中等
>
> ● 头发　花白、发长及肩 直发
>
> ● 上衣　黑底玫瑰花样的长袖衬衫
>
> ● 下衣　灰色长裤
>
> ● 鞋子　茶色浅口鞋
>
> ● 其他　对于所有的提问都回答"是"。

我们将这些事实拿给群马县警看过后，他们沉默了。

最后，我们得到的回答是，在查证结束之前还需要一定的时间。

原因是县警的"人为失误"

时间到了6月，距离三重子与滋夫重逢已过去了1个月的时间，滋夫接到了一通来自群马县警的电话。警方称，就三重子被救助后近7年未能查明身份一事，要向滋夫进行原因说明。警方会派人到浅草地区，与滋夫在附近的公共机构见面。

滋夫与女儿一起前往机构。据悉，县警的态度非常郑重。这也是理所当然的。因为事件原因就是单纯的失误。

概述如下。

对三重子进行救助的馆林署员为了在县警内外进行信息共享，制作了"迷路者查询书"，其中包括记述当事人身高、衣着等特征的栏目。据县警说，不知何故栏目内的记述为"内衣（内裤）上写着Emiko"。而实际情况是内衣上写着的是本名"Mieko"，究竟是何人、何时、何故将此信息误认为Emiko，已不得而知。

滋夫与女儿在听了大致说明后，沉默片刻，随即提出了若干问题。

首先是，为何不在警方的系统内单独检索已知的姓氏"Yanagida"？

县警解释说，在三重子被救助时的2007年10月30日，已对"Yanagida Kumiko""Yanagita Kumiko""Emiko"等

数十种名字进行了检索。节目播出前，在取材当时，警方曾表示对"Yanagida Mieko"进行过检索，但在查证时才发现，其实一次也没检索过"Yanagida Mieko"这个名字。[1]

据警方介绍，在全国的检索系统中，只有当检索内容与"Yanagida Mieko"这一姓名完全一致时，信息才能成功匹配。如果收到搜索申请的警视厅在"别名（其他姓名）"这一栏内，分别录入姓"Yanagida"和名"Mieko"的话，仅凭"Yanagida"就有可能检索到相关信息。

但是，据群马县警的说法，警视厅并没有录入别名。在三重子身份确认的前一年，群马县警首次检索了"Yanagida"，得到的都是无关人员的信息。如果群马县警在对三重子进行救助的当时就掌握"Yanagida Mieko"这一准确的姓名，便能与警视厅提供的信息匹配成功了。

随后滋夫与女儿询问了参与三重子救助工作的警员对当时的情况是否有所了解。群马县警表示，虽然已向当时的有关人员了解了情况，但这39名相关人员均称对当时的情况没有印象。最终，在以与县警内外进行信息共享为目的的重要的"迷路者查询书"上，究竟是谁将三重子的名字"Mieko"误写为"Emiko"的，还是不得而知。

听完事情的原委说明后，滋夫神情怅然，道："这件事关系到一个人的人生，不能说因为是失误就草草了事。如果当时能更早找到妻子的话，她就能尝试各种治疗方法，

---

[1] 日语和中文一样，一个读音对应的汉字可能有多种写法，一个汉字也可能有多种读音。群马县警检索了与"Yanagida Kumiko"即"柳田久美子"和错误的"Emiko"相关的各种姓名，唯独没有检索柳田女士的真名"Mieko"即"三重子"。

说不定能减缓病情的进展。一想到这，我就悲从中来。警察应该致力于建设预防失误的体制，以及能够对失踪者和身份不明者的信息进行统一检索的系统。我希望再也不要有人体会到我们一家所经历的痛苦。"

专栏④ 在自治体的社会关系网中偶然发现……志田吉郎·75岁/丈夫

松木遥希子（NHK报道局社会部 记者）

在对失踪者进行取材的过程中，我们遇到了一起颇具意味的案例。

当事人是居住在东京大田区的志田吉郎。他居住在大马路旁的沿街公寓内，独自看护着妻子佳惠子（68岁），佳惠子在约3年前被诊断为认知症。2014年1月的一天早晨，吉郎稍不留神，佳惠子就离开了家，下落不明。吉郎报了警，失踪申报于第二天被发送给全国的警察局，吉郎自己也到处寻找佳惠子的下落，却始终未果。在不安与焦虑中，就在吉郎快要放弃的时候，埼玉县埼玉市突然与他取得了联系，称"您的太太正在接受我们的救助"。

事情经过如下。佳惠子失踪的那天傍晚，她在埼玉县大宫站前的百货店得到了警察的救助，次日起便在埼玉市内的特别养老院生活。她自称"志田惠子①"，之后便以"志田惠子"这一名字开始了在养老院的生活。埼玉县警只

---

① 志田女士的本名佳惠子日语读作"Kēko"，"惠子"则读作"Keiko"，两者发音非常相近。

在佳惠子被救助的当天使用了警方的网络系统进行信息检索，警视厅录入信息却是之后一天的事，因此埼玉县警没能找到与佳惠子的姓名或体貌特征匹配的信息。

后来，在埼玉市大宫区政府内负责老年人援助的部门，工作人员考虑到佳惠子的家人可能正在寻找她，于是制作了"身份不明者相关的信息提供"档案，档案包括佳惠子的大幅正面照、自述的姓名与年龄、身高、体重、随身物品以及被救助的经过等信息。这些信息被递交给了埼玉县，经由县政府转发给其下属的市町村，但工作人员认为"佳惠子应该不是从很远的地方来到埼玉市的"，也就没有联系邻近的都县。

另一方面，在志田夫妇生活的东京都大田区，区内负责老年人援助的部门也制作了佳惠子失踪信息的相关档案，并通过邮件在东京都内进行了信息扩散。但是这些信息只传达到了都内的市町村，并没有传达到东京都外的地方。

就这样，埼玉市和东京都负责老年人援助的部门分别制作了佳惠子的相关资料，却未能传递到对方的手中。

这两份信息却在某一个领域内得到了共享，那便是负责生活保护的行政机构的网络。通过此次取材我们得知，本章提到的柳田三重子女士和"太郎"先生这样的身份不明者，其救助和收容工作都是由自治体承担的，其生活费则是通过生活保护制度发放的。在认知症导致失踪这一问题凸显之前，就存在因失忆或精神疾病而身份不明的走失者，在对这部分人群进行援助时便是利用了生活保护制度。因此，负责生活保护的部门有这样一项惯例，为了寻找身份不明者的家属，会与其他自治体共享相关信息。

前述案例中，在救助佳惠子的埼玉市政府机构内，负责生活保护的部门与负责老年人援助的部门共享了信息，佳惠子的信息在埼玉县、东京都以及东京都内的市町村内流转。

那么，是谁让两边的信息汇合的呢？

发现两份信息匹配的人与佳惠子没有任何关系，是一名在东京文京区负责生活保护的部门工作的资深职员。

在文京区的生活福利课，工作人员出于"失踪者可能会出现在接待窗口"的考虑，每天都会浏览失踪者信息。

有一天，在这里工作的筱聪一郎注意到，埼玉县生活保护行政方面发布的身份不明的女性的姓名，与早先大田区发布的失踪者姓名非常相似。筱聪想着，也许在自己察觉到之前，双方早已发现匹配信息了吧。但慎重起见，他还是给大田区打去了电话，意外得知那名女性至今仍然下落不明。

这样一来，经由系统之外的一名工作人员之手，这两份信息匹配成功，时隔三周，佳惠子回到了吉郎的身边。

"如果文京区的工作人员没有察觉到这两项信息的相似之处，我简直不敢想象现在会怎么样。可能至今佳惠子还下落不明吧……"

说着说着，吉郎的眼里泛起了泪光。

那么，究竟为什么会发生这样的事呢？

论其原因，当事人游荡至自身居住的都道府县以外的地方，这一可能性并未被纳入目前的系统中去。

为什么佳惠子会到自己完全不熟悉的大宫去呢？丈夫吉郎也不知道原因，但是现在的交通这么发达，坐上电车去到离家很远的地方也并不稀奇。问题在于，在当前的系统中，信息仅仅滞留在都内或是县内，没能够跨越地域的界限实现广泛的共享。

这次的事件中，文京区通过信息共享促成了当事人身份的确认，然而现实是，在许多自治体内，信息仅在负责生活保护或老年人援助等的部门中分别共享。

不过，上述案例中，如果埼玉县警在佳惠子被救助的两天后再检索全国警察网络系统的话，可能很容易就能找到匹配信息。

警方需要重新审视自身对身份不明者应当承担起的责任，拥有各种联络网的自治体也是如此，为了防止此类事件再度发生，有必要采取积极的对策。

第六章
行动起来的社会

节目播出后的社会反响

继大阪的"太郎"后，在群马县接受救助的柳田三重子时隔约7年与家人重逢，这一系列的新闻及我们的节目引起了巨大的反响。对于我们来说，虽然此前也期待着当事人与家人的重逢，但没想到真的能够实现。接受我们采访的"东毛光生园"的浜野院长及馆林市的职员也是同样的心情，浜野院长还这般慰劳我们说："你们的想法转变为现实了呢。"

观众反响强烈，他们不仅为当事人与家人重逢而喜悦，更有许多意见指出应以此为契机，对这一问题进行反思。虽然"太郎"和三重子所失去的时间已无法追回，但我们的节目可能起到了提出问题的作用，让社会产生了这样的共识："要避免同样的事情再次发生。"

更让我们备受鼓舞的是，以"太郎"和三重子的话题为开端，各新闻媒体的社论等也开始报道认知症及认知症患者相关的看护问题，提出需要社会整体共同予以援助。

《读卖新闻》《朝日新闻》以及对于同样问题进行采访的《每日新闻》等全国的纸质媒体，于2014年5月至6月期间连续刊发相关社论，指出当务之急是制定解决办法，尽早发现失踪者。此外，从东北地区至九州地区共计12家地方报纸也报道了这一问题，显示出了全国范围的高度关注。

行动起来的国家

在一系列的报道发表之后，为掌握这一问题的实际情况，国家也开始行动起来了。在确认三重子身份的第二天，管辖警察厅（统管全国警察组织）的国家公安委员会委员长古屋圭司（时任）表示："积极地寻找并救助失踪者是警察的义务。到底怎样的解决办法最为合适？为回答这一问题，我们将会进行积极的探讨。"在随后的6月份，确定了具体的强化对策。

这些对策被下达至全国的警察本部，列举如下。

• 如果家属有意愿的话，应在警方的官网上公开当事人的正面照。

• 在当事人被警方救助后身份不明并被移交至市町村的情况下，应根据市町村方面的要求，制作包括照片等在内的浏览名录，放置于警察局等处。

• 灵活使用对身份不明的死者及失踪者进行检索的系统，在救助认知症患者的案例中，要能够对其随身物品、穿着打扮等具体的信息进行检索。

另一方面，负责认知症患者的看护事宜等的厚生劳动省也配合警察厅的行动，表示"各省会协力商讨身份不明者与失踪者信息的匹配办法"。

此外，对于以不明身份接受救助的认知症老人，为了让他们的家属更易搜寻，厚生劳动省在其官方主页上设置了特别网站。主页还有各都道府县厅的主页链接，能够浏览身份不明者的年龄、性别等信息。

同时，厚生劳动省委托全国的自治体对患有认知症的失踪者的实际情况进行初次调查，以市区町村为单位，统计失踪者人数、得到救助后入住看护机构的身份不明者的人数，以及这一人群的需要护理程度等情况。为明确走失发生的规律特点，厚生劳动省还对引起患者游荡的主要原因进行了分析，成立了由专家组成的研究团队。

实情调查的结果于2014年秋天进行了最终公示。结果显示，因认知症而出现游荡等情况并因此在自治体接受救助、在看护机构等处生活的身份不明者至少有35人，分布于10个都府县的26个市区町村。其中男性24人，女性11人，有6人已经接受救助超过10年。若加上因认知症以外的认知障碍等原因而身份不明的人，在139个市区町村内这一人群的数量达到了364人。但是公示的只有身份不明者所在的都道府县，这些人实际接受救助的自治体名称未予公开。

其中，群马县警对柳田三重子被救助当时的应对方案进行了调查，并发表了预防同样情况再次发生的对策。在三重子的案例中，县警虽然掌握了她的正确名字"Mieko"，却在发给全国警察查询书中使用了"Emiko"这一错误的名字，导致其身份无法被核实。为了预防类似情况再度发生，在对身份不明者进行救助、制作面向其他警察局的查询文件时，需要与记录当事人被救助后状况的文件进行核对，确保没有差错，并由负责的课长及警察局局长检查。

同时，大阪府的警察本部开展了放眼全国也堪称积极的解决方案。

就疑似患有认知症的当事人失踪的案例发生的次数而言，大阪府在全日本的都道府县中排名第一（2012年、2013年）。第五章中提到的"太郎"正是在大阪以身份不明的状态接受了2年的救助。这样严重的情况真实发生过，大阪警方愈发认为有必要尽快采取应对措施。

大阪府警在全国先行开展身份不明者记录簿的制作和整理工作。

记录簿中，会登记接受救助的身份不明者的正面照、被发现时的状况、被发现时的着装等信息。从2014年9月开始，大阪府内所有的警察局都配备了这一记录簿。递交了失踪申报的人或失踪者家属只要向警察局的生活安全课提出申请，就能阅览记录簿。

在记录簿的制作准备过程中，大阪府警在针对身份不明者身份确认的其他课题上也取得了成果。

在身份不明者接受救助的案例中，有这样两种截然不同的模式。第一种是警察提供救助。三重子及"太郎"就属于这一类。还有一种，是当事人在路边晕倒，被救护车送往医院，之后由自治体提供救助。

在第二种模式中，警察与身份不明者的救助工作没有交集，多数情况下无法掌握当事人被救助的具体信息。

通过制备记录簿，大阪府警建立将大阪府及府内43个市町村全部囊括在内的合作体制，在救助身份不明者时需要将信息共享。此外，各自治体还需共享至今为止救助过的身份不明者的信息。这样一来，大阪市明确了大阪府警此前未掌握的身份不明者的救助案例，在与警方的失踪申报核对后，成功确认了3名被救助者的身份。

但是，并不是全国范围内都在采取这样的措施。截至2015年2月，大阪府警的记录簿中登记的仅有来自全国9处警察本部的信息。虽然如此，在制作记录簿、交流信息的过程中，发生了这样一个案例，一名身份不明者在其他县接受救助，此人正是一名在大阪走失的失踪人员。

为分头搜寻家人已提出失踪申报的失踪者，正在推进一些应对方案。西成警察局负责管辖大阪老龄化比例最高的地区。从2014年8月开始，西成警察局会以邮件形式与其他行政机关共享已申报失踪的当事人的正面照及身体特征等信息。这一措施的目的是动员消防局、自来水公司等户外作业较多的自治体职员协助搜寻。

同时，全国各地正在开展一系列的模拟训练，预防失踪情况的发生。训练内容包括，假设有认知症患者失踪，对整个地区进行彻底搜索，鼓励市民与认知症患者攀谈，等等。这类模拟训练多由行政机构主导，其中也有以町内会①等居民为主体举办的活动，有时也会有小学生参加。解决因认知症而走失的问题已成为地区性的课题，这种认知已相当普遍。

---

① "市町村"之下的居民自治组织。

决意公开信息的自治体

在这些行动中，又有一自治体公开信息，称"本地区也有身份不明的老年认知症患者正接受救助"。看来，我们当初通过问卷调查没能完全掌握所有身份不明者的情况。

柳田三重子与家人重逢后，埼玉县立刻对县内的市町村进行调查，以查明是否还有同样的情况。在 5 月 27 日的例行记者会上，上田清司知事[①]发表了调查结果，结果显示，一名于 1996 年在狭山市接受救助的男性及一名于 2005 年在日高市接受救助的女性至今仍身份不明。

狭山市发现的男子当时因衰弱而倒在路边，被路过的行人救助。男子当时 60 岁左右，他说自己的名字叫作"Nomura Shōkichi"，"是坐着电车从很远的地方来的"。市政府向警方递交了申报，但是随后的 18 年间该男子的身份一直未能得到确认。

县政府公开了这名男性的正面照，呼吁社会提供线索。不久，便收到了超过 30 条信息反馈，最终确认该男子为 18 年前在东京都涉谷区失踪的野村正吉[②]（82 岁）。

野村与亲戚见了面，一听到自己被称呼为"小正"，他便露出了笑容。在野村失踪的第二天，亲属就向当地的警察局提交了搜索申请，相关信息被登记在警视厅（东京）及警察厅（全国）的失踪者资料库中。

[①] 日本都道府县行政区的首长。
[②] 日语读音与其自述的姓名相符。

埼玉县警没能留下当时的记录，为何无法核实野村的身份，终究不得而知。提供救助的狭山市理应向埼玉县告知了野村的情况，但埼玉县无法确定当时是否将野村的姓名提供给了警方，可能当时的信息共享并不完善。

野村被救助的当时，狭山市及埼玉县与近邻的市町村及东京都内的福利事务所做过失踪者身份核对的工作，但持续了4个月就终止了。县负责人表示："如果当时能够继续勤勤恳恳地向警察提供信息并进行查询的话，说不定就能更快确认当事人身份了。"

千叶县内的5个市也存在6名身份不明者，他们的正面照、被救助时的状况、身高等详细信息也在网站上公开了。在这些当事人中除了认知症以外，还有因记忆丧失而身份不明的人。

信息公开4天后，有一名女性致电称，其中一名于2010年在八街市内被救助的男性"可能是曾经住在附近的人"，以此为契机，该男子的身份得到了确认，他出身富津市，今年70多岁。一名在野田市得到救助的认知症男性的身份也有了线索，以"岛根县出身"等信息为基础，最终得以确认身份。另一名在南房总市接受救助的男性身份未能确认，后于2015年1月去世。该男子是在14年前于市内的公园得到救助的，他当时携带有一枚刻着"今野"字样的印章。

失踪者家属的期待及个人信息的壁垒

"身份不明者"的存在浮出水面，社会开始行动起来了。

2014年6月，对患有认知症的失踪者问题的报道正盛，有一户人家对此抱有期待，我们与这家人取得了联系。

田中八重女士（74岁）居住在大阪府岸和田市。她的丈夫孝明（76岁）于2013年1月25日离家，下落不明，至今没能找到。八重与女儿里美（45岁）一直在寻找着孝明。

在失踪的9年前，孝明被确诊患上了认知症，之后症状逐渐恶化。那一天，晚饭后的夜里9点30分左右，八重正在厨房洗碗，孝明突然骑着自行车出门了。八重立刻追上去，但是孝明的身影很快便消失在了黑暗之中。

八重与里美一起向警方提交了失踪申报，还亲手制作了海报在附近分发，母女俩四处寻找，但没能发现孝明的行踪。

孝明最后被看到，是在失踪的5天后。

当时他静坐在离家约1公里的医院旁的长椅上，一名认识他的女性上前与他搭话。当时自行车就横倒在地上，孝明说着"狗不见了"之类的话。这名女性熟人并不知道孝明失踪了，告诉他的家人这一信息已是3天后的事了。八重立即前往附近搜寻，但那里早就没了孝明的身影。

孝明失踪1个月后，他的自行车在离家5公里左右的某机构用地内被发现了，警方动用警犬和直升机进行了大规模搜索，但没能获得新的线索。

这之后又过了一年多的时间。

八重与里美已经产生了放弃的念头。但当她们看到全国各地都有"身份不明者"，其中也存在柳田三重子和"太郎"这样最终与家人重逢的案例，母女俩又看见了希望。

也许孝明也正在某处接受救助呢？

此外，在之前提到的千叶县等地，越来越多的自治体开始自发地公开身份不明者的信息。八重与里美每天查看电视及报纸的报道，一天都没落下。一旦得知哪个自治体正在救助身份不明者，她们便直接致电询问，确认当事人是不是孝明。

我们从中了解到，目前还有一个巨大的课题有待解决。

那就是，即使八重与里美向自治体询问情况，也并不能获得详细的信息。

比如，里美事实上曾向京都市询问在当地接受救助的身份不明者的信息，然而得到的回答只有当事人被救助的时间、性别以及推测年龄，除此之外的当事人正面照、身体特征等信息一概不予告知。

我们采访了京都市的负责人，询问背后缘由。

负责人提到了《个人信息保护条例》。

条例的内容根据自治体不同略有差异，京都市的情况是，若获得当事人同意便能告知详细信息。但在此案例中，当事人疑似患有认知症，获取其同意的有效手段不明，因而无法向他人提供其个人信息。

负责人说："原则上，如无特殊原因，我们不会提供具体的个人信息。"在此基础上，"根据社会状况，我认为应适时向公开信息的趋势转变。公开个人信息，需要法律上的依据，但究竟什么才是依据呢？这一问题值得探讨"。可见自治体为应对前所未有的状况，也正在苦思解决方案。

当时，NHK对全国47个都道府县进行了取材，有17

个都府县回复说被救助者中有因认知症或记忆障碍而身份不明的人。其中大多数都府县都以保护个人信息等为由，未公布接受救助的当事人的正面照等信息。

但在17个都府县中，静冈县及千叶县通过对《个人信息保护条例》的灵活解读，实现了当事人正面照等信息的公开。

我们拜访了静冈县的负责人。根据静冈县的条例，与其他自治体一样，提供信息的条件是"获得本人的同意"，这一点是确定无疑的。但是，即便没有本人的同意，只要在"明显对本人有益"的情况下，就能够公开个人信息。静冈县判断，信息的公开可能确认接受救助者的身份，这对于他们而言是有益的，于是便在县的网站主页上公开了当事人的正面照等信息。县负责人表示："我们认为，身份不明者能够回到家人身边，这件事无论对于本人也好、家属也好，还有对于社会也好，都具有正面意义，因而我们决意积极地公开信息。当事人家属要搜寻失踪者的话，无法获取信息也会是个问题。"

可见，各自治体对于信息公开的态度不一。未公开信息的自治体大多都在向国家寻求统一的规则或指导方针。国家虽也肯定其必要性，但在2014年9月发布的面向都道府县的通知中，传达了"根据对条例规定的解释运用，也有自治体通过在网站主页上进行信息公开来搜索当事人的身份，各单位可酌情参考"的讯息，但除此之外并未制订具体的指导方针。

2013年9月24日，距孝明失踪已过去8个月时间。在孝明生日这天，里美给他写了一封信。

致爸爸

爸爸您在哪里啊？我想和您一起庆祝生日。

炎热的夏天已经过去，现在的每一天都是凉爽又晴朗的秋日。冬天到来之前，您一定要回家呀。

我们大家都在等着您，请您尽快回来吧。

孝明是不是正在某处接受救助呢？

八重和里美的内心怀有希望，但同时也承受着无法找到孝明的焦虑不安。

专栏⑤　解决问题的启示？韩国的对策

津武圭介（NHK报道局社会部 记者）

　　对于认知症患者的失踪问题，究竟应该采取怎样的解决对策呢？我们从海外的事例中寻找启示。值得参考的是邻国韩国。

　　韩国与日本一样，人口老龄化日益严重，患有认知症的老年人不断增加。2008年共计有42.1万名患有认知症的老年人，这一数字预计在2025年将激增至100万人，即每10名老年人中就会有1名认知症患者。患有认知症的失踪者每年也达到了约8 000人，在包括儿童及精神障碍者在内的失踪者整体中占比20%。

　　2013年，韩国的公共电视台KBS播出了认知症失踪者相关的特别节目，在社会上引起了巨大的反响，人们逐渐认识到认知症老人走失是一个社会问题。这与日本的状况非常相似。

　　韩国政府正推出一系列针对失踪者问题的对策。

　　首先，通过专用的网络将警察及政府机关、自治体、福利设施等所有相关机构联系起来，建设失踪者信息的共享系统。

这一系统由韩国警察厅"失踪者搜索中心"统一管理，经汇集的信息可用于当事人的搜索及身份确认。除了可以在全国的警察局办理失踪申报之外，还可通过24小时电话及网站办理。被提交的信息会第一时间通知有关部门，如果家属有意愿的话，相关信息一般也可公布在"失踪者搜索中心"的网站主页上。可见，失踪者信息不仅在相关部门之间共享，还能在大范围内公开，对搜寻起到帮助。这点与日本大不相同。

该系统不仅提供搜索服务，在确认被救助老年人的身份时也得到了有效利用。系统中导入了用于个人识别的"肖像系统"，除了姓名、年龄、性别等文字信息之外，正面照等图像也进行了数据化处理。若将被救助的身份不明者的正面照上传并进行检索的话，系统便会从数据库中自动提取相似的照片，可迅速根据脸部特征、骨骼等确认是否为同一人。

同时，从2012年开始，只要家属有意愿的话，可在当事人尚未走失时就录入指纹。如此一来，除了正面照之外，还可通过指纹进行身份确认。即便当事人是无法表述自己姓名和住址的认知症老人，也能够以正面照及指纹等为线索确认其身份。

通过在韩国当地取材，我们与借助新系统而平安回家的老人取得了联系。

钟勇福（53岁）与母亲方玉梦（75岁）住在首尔东南方向200公里左右的忠清北道。方女士约5年前开始出现了认知症的症状，此后就在长子钟先生的看护下生活。2014年5月，方女士出门散步，就此下落不明。当天傍晚，方女士在离家4公里的路上得到了警察的救助。方女士当时没有穿鞋，仅穿了贴身衣物，警察据此判断她患有认知症，随后在附近的派出所拍摄了方女士的正面照，用肖像系统进行身份查询，立刻确认了方女士的身份。原来，家属事先已经将方女士的相关信息录入了系统，因此很快就找到了匹配信息。钟先生说："即便母亲走失了，但只要得到警方救助，警方马上就能搜索到家庭信息，真是万幸。"

据韩国警察厅称，在这样的努力下，如今家属提交过失踪申报的失踪者99%都能回到家人身边。

由韩国政府推出的这一系统，其原型是警方于2008年筹备的资料库。当时是以搜寻诱拐及失踪儿童为目的准备的，未曾想过要用于认知症失踪者的搜寻工作。但是，2011年随着认知症对策的基本法《认知症管理法》的出台，对认知症老人的救助成为国家的职责与义务。2013年，该人群被纳入系统的搜索对象之列，应用至今。

然而，日本却没有这样的体系，无法使警方与其他行政机关共享失踪者信息。甚至就连受理失踪申报的警察都无法在全国范围内实现完全的信息共享。警察厅虽已配备将全国警察联系起来的在线系统，但录入系统的仅有当事人的姓名、年龄、身体特征等文字信息，没有录入正面照。正面照通过另一途径与文件一道寄送至全国的警察本部。对身份不明的老人予以救助的警方负责人需要一一核实全国各地寄来的照片。这便是日本的现状。

说到失踪者的人数，仅是患有认知症的失踪者每年就有约1万人。以我们取材组的报道为契机，在兵库县"太郎"的案例中，他的身份时隔2年才终于得到确认。我们也看到了这样一个事实："太郎"家属所提供的正面照并没有在警察内部得到充分使用，如今的身份核实只能依靠人工操作，不难看出，这样的体系具有一定的局限性。就这一问题，警察厅回复："我们虽然承认将包含当事人正面照等信息在线化是有效的，但我们还没有计划就是否导入此类对策进行商讨。"

韩国则推出了更切实的对策。

通过采集在机构接受救助的身份不明者的DNA，来确定其身份。韩国与日本一样，也存在接受十多年救助的身份不明者的案例，若能有效地利用DNA的话，即便当事人年龄增长、长相和神态发生变化，也能切实地确认其身份。为展开DNA采集工作，政府对相关法律作了修正，确保在当事人因认知症等原因难以表达自我意志的情况下，不经由本人同意也能够采集DNA。

失踪者搜索中心的负责人李坤秀表示："个人信息的保护固然重要，但认知症老人失踪是性命攸关的事。我们将认知症老人的生命安全放在首位，因而，将信息迅速公开，尽快让他们与家人团聚是最重要的。"

对于在机构长年接受救助的身份不明者，如本章所述，以一系列的报道为契机，日本察觉到了这一人群的存在，也才认识到采取对策的必要性。

在一系列的报道之前，自治体即便对身份不明者予以救助，也不会将信息公开，甚至连全国有多少这样的身份不明者也无以查证。根据厚生劳动省的实际情况调查，截至2014年5月，全国至少存在35名身份不明者。值得注意的是，自治体之间仍然以个人信息保护为理由，对信息公开采取消极的态度。被公开的信息只有当事人被救助的日期、地点、当事人的性别、身体特征等无法直接确定身份的信息，这不论是对以身份不明状态接受救助的当事人也好，还是对苦苦搜寻的家人也好，都是一件不幸的事。

这之后，厚生劳动省也采取了行动，在一定程度上改善了信息公开的问题。目前在厚生劳动省的网站上已能够阅览全国身份不明者的信息。

从韩国的解决对策中我们能学到些什么呢？

位于爱知县大府市的国立长寿医疗研究中心的郑丞媛研究员熟知韩国的认知症政策，她指出："就看护服务等公共援助的充实度及对于认知症的理解度等而言，韩国目前并不能说绝对领先于日本。但是，韩国实现了彻底的信息共享，将收集到的个人信息有效地服务于当事者本人及其家人，对于过度看重行政直线领导及个人信息保护、无法推出有效对策的日本而言，韩国的解决方案也许不失为一种值得参考的典范。"

第七章
我们能做的事

本章中，对于认知症患者失踪问题，将从我们能做什么这一角度出发，介绍各种对策。

当邻居失踪的时候，我们该怎样帮助搜寻？

当家人患上认知症的时候，我们该怎样防止其走失？

通过此次取材，我们获知了一些具体且有效的对策，若能让尽可能多的人知道这些对策，或许能减少一些悲剧吧。

求救互助网 首创地钏路

当家人因认知症而出现游荡等情况并下落不明时，很多人不知该去哪里寻找，往往一筹莫展。原因在于，失踪的当事者本人也是迷路失去了方向，对于其具体去向，许多案例中的家属和周围的人毫无头绪。有时候当事者是步行去了某处，也有时候是坐上车后去向不明。

在这种情况下，要想彻底在本地区搜寻失踪者的下落，就需要借助"求救互助网"的力量。这一体系将失踪者的信息广泛共享，除了家属及有关人士以外，众多当地的居民一道寻找失踪者的下落。该办法首先于1994年在北海道钏路地区实行。钏路地区包括8个市町村——钏路市、钏路町、厚岸町、浜中町、标茶町、弟子屈町、白糠町及鹤居町，总面积约为6 000平方公里，地域之广可与茨城县匹敌，且冬季非常寒冷。在这样的地区失踪很可能有生命危险，因而在居民的呼吁下出台了这一办法。

该办法的具体描述如下。

在认知症患者失踪的情况下，接到通知的警察局需要就以下项目进行问询，记录于纸上作为准备文件。
- 失踪者的姓名、性别、出生日期
- 住址及电话号码
- 失踪的日期、地点、状况
- 身高、体重、发型、有否佩戴眼镜、服装、随身携带的钱财金额等特征
- 当事人能否自主表述住址及姓名
- 过去是否发生过失踪的情况

警察局首先制成这样一份准备书并传真给当地的5家出租车公司、卡车协会和本地FM广播局"FM钏路"。接到传真的出租车公司遂通过无线电播送准备书中的信息，请司机们协助搜索。FM钏路在接到传真的时候会中断节目，插播失踪者的信息。电台每隔30分钟就播出一次失踪者信息，直到失踪者被发现、互助网解除。

在以上举措开展的几乎同一时间，若是工作日的白天，钏路市政府职员会组成搜索队，在市内进行搜索。当地的邮局、附近送外卖的店家、加油站等300家单位都会收到相关信息，多于失踪者家属几倍的人力一同搜寻失踪者的下落。

该办法取得了实际成效。从2012年至我们取材的2013年3月的一年多的时间里，有99起案例采取该办法，其中97起案例的当事人被找回（另2起当事人死亡）。值得特别指出的是，多数案例中的当事人并不是被家属、看护相关人员或警察发现的，而是由普通民众发现的。实际上有近三成28起案例中的当事人是被路人或出租车司机等发现的。

曾在钏路市内失踪的高野浩（化名）正是由普通民众发现的失踪者之一。2012年1月的一个早晨，高野在同住的长女不注意的时候外出，下落不明。

警察在接到家属的申报后，立即制成求救互助网的准备书，发送给出租车公司及FM钏路。当时FM钏路正在播放晨间音乐节目，接到消息后当班的DJ立刻插播了准备书中的信息。

居住在市内的田口真理从事上门销售的工作，那一天她也像往常一样准备前往市内小学的职员室拜访。当她在自己车内收听FM钏路的时候，音乐声戛然而止。

"现在，我们从求救互助网收到了老人失踪的通知。居住在樱町（化名）的高野浩先生今年70岁。他于1月23日上午8点45分左右离开了位于樱町的自家住宅，目前还未归家。高野浩先生身高160厘米、体型中等，出走时戴着眼镜、头戴灰色的帽子。失踪时身穿黑色运动服、黑色运动裤，右手大拇指缠着绷带。高野浩先生是步行外出的。他能够自主表述姓名和住址。重复播报——"

田口不经意地听着广播，抵达了小学门口，这时候，她看到了与广播中描述的失踪者特征吻合、手上缠着绷带的男性。

这一定是正被寻找的那个人，田口这般想着，立刻致电FM钏路，告之自己发现了失踪的男性。FM钏路随即与警方联系。高野被赶到的警官平安地保护了起来。

"平时在送货的路上我一直收听FM钏路，之前我也听到过求救互助网的讯息。每当有这类讯息时我都会边开车边稍稍留心收听，这次的失踪者是大拇指缠着绷带的男性，我对这一点印象非常深刻。到了小学门口，就看到了体貌特征相近的男性。因为没法立刻查到钏路警察局的电话号码，我急忙与FM钏路取得了联系。没想到自己竟然发现了失踪者，我感到很意外，也很高兴自己能帮上忙。以后如果还有寻人信息，我依旧会留心的。"

高野在失踪仅3小时后就被发现了。这一案例正体现了寻人机制在地区内的完全渗透。这一大范围的协助体系也得到了警方的高度评价，钏路市警察局的负责人表示："说真的，帮了我们大忙。"

当成自己的分内事
——钏路为何能跨越《个人信息保护法》的壁垒

求救互助网的建构正在全国范围内得到广泛应用。在对全国所有1 700余个市町村进行问卷调查后我们发现，1 100多个参与回答的自治体中，有三分之一表示"设置了"求救互助网。

但是，虽然设有互助网，49%的自治体却表示"使用率较低"，甚至是"几乎没有得到有效使用"。

背后的理由便是保护个人信息。许多自治体对于失踪者的信息，哪怕匿名了也不想广泛传播。东京都练马区也设有求救互助网，但其负责人表示："在许多案例中，我们很难得到家属的同意，使用求救互助网进行寻人。"

那么，钏路地区是怎样跨越这一壁垒的呢？那要从两名行政人员所感到的些许疑问说起。

求救互助网每年举办一次会议，市町村及警察的负责人都会出席。2012年6月，出席会议的钏路町看护高龄课的竹田匡发现，在警察发表的町内失踪者案例中，有一些案例的信息并未传递到自己这里。原来，那时候需要征得失踪者家人的同意，才能将互助网的信息与警方以外的单位共享，有时候家属并不同意。

但是，寻找失踪者是刻不容缓的事。在向惊慌失措的失踪者家属说明求救互助网的作用机制并取得他们的同意之前，如果就能实现广泛的信息共享的话，说不定可以挽救失踪者的生命。

竹田的脑海里浮现出的，是2年前在町内发生的一起案例，一名女性因游荡而最终死亡。竹田曾负责该女子的看护申请，此前她也曾几次因游荡而失踪，町公所在收到家属的申请后都会展开搜寻工作。那一天，家属察觉女子失踪后又过了5小时，町公所才收到消息。虽然警方出动了直升机等进行大规模搜索，但最终，女子的遗体于第二天在河边被发现。如果能尽早共享信息，让更多人参与到搜寻工作中来的话……这件事让竹田深切地体会到了迅速应对的必要性。

竹田在会议上提出，求救互助网准备书中的内容最好能在获得家人的允许之前共享，也就是一得到消息就直接传播。但是，有几名与会者表达了不同看法，担心"这可能违反《个人信息保护法》"。当时在会上未能达成一致意见。

不过，也有与会者对竹田的发言深有同感。那就是负责求救互助网工作的上田哲弘，他是北海道钏路保健所的职员。

据悉，上田持有保健师资格证，他的祖母患有认知症，经常发生游荡的情况。上田亲眼见证了母亲看护祖母的辛劳，深感求救互助网工作具有重要的意义。

《个人信息保护法》到底是什么

《个人信息保护法》到底是什么？这一法律得到全面施行的时间是2005年的4月。那时候，在近畿地区的某市内，居民登记表的信息被外部委托业者盗取，放在网络上售卖；大型通信零售公司约50万名顾客的个人信息被原从业者盗取。诸如此类的事件不断发生，使得社会对个人信息的使用产生了不安，这也是制定《个人信息保护法》的背景。

为了减轻上述不安，法律规定，管理包括姓名、住址、出生日期等在内能够确定个人身份的信息的企业或自治体需要采取适当的处理方法。此外，法律还规定了要明确个人信息使用目的以及禁止以不当方式取得个人信息等，其中责罚包括违反者会成为行政命令的对象，拒不服从的会被处以6个月以下监禁、30万日元以下罚款等。

法律规定自治体负有决定并施行政策的责任，现在所有的都道府县及大多数市町村都需遵守《个人信息保护条例》。

钏路地区的求救互助网是以北海道的条例为基础运作的。前往钏路保健所赴任、负责求救互助网的上田注意到，并不是所有警察掌握的失踪者相关信息都会与自治体方面共享。

为了尽早发现失踪者，尽快实现信息共享是非常重要的。没有什么好的办法吗？

会议结束后，上田仔仔细细地阅读了北海道的《个人信息保护条例》，结果发现存在"例外规定"。

规定称，在收集个人信息的时候，必须经过本人同意，但是有几项例外。其中包括：

（4）在事关守护个人生命、身体及财产安全的紧急或不得已之时，可作为例外事件处理。

上田发现了上述条目。

当事人因认知症而游荡，最终下落不明，这样的案例不正适用于此条目吗？

抱着这样的想法，上田与警察等方面进行了多次探讨，对求救互助网的纲要做了修改，使得在未获得当事者本人或其家人同意的情况下，警方与其他单位分享准备书中的信息成为可能。

上田说道："如果一味地被'保护'个人信息束缚，因此而无法拯救生命，那就是本末倒置了。"

钏路地区在跨越了个人信息保护的障碍后，实现更为迅速搜寻成为可能，和之前提到的高野浩一样，在陆陆续续发生的许多案例中，当事人在失踪后数小时就被发现了。

居住在钏路市的三村达男（79岁）的妻子（78岁）也是依靠该机制被找到的。三村一时没注意，妻子就失去了踪影，寻找了一会儿后，三村向警方报案。那时距离三村的妻子失踪过去了一个半小时。警方立刻制作了求救互助网的准备书，将信息传递至各有关单位。又过了大约6小时，三村的妻子走在离家数公里的国道上时被路过的司机发现，平安地得到了救助。

三村说，通过我们这次采访，他才首次得知妻子失踪的信息依靠求助网得到了广泛的传播。

"妻子在患上认知症之后，我慢慢地告诉了周围人这个事实，并得到了大家的帮助，但我的内心深处还是会有一点羞耻感。我也是个思想保守的人。但事实是，仅仅依靠家人的力量是无法为妻子提供周全的照顾的。我之前并不知道求救互助网的事，可这次我深切地体会到了信息共享的非凡意义。如果没有互助网的话，现在不知会怎么样呢……"

我们能够从钏路的解决方案中学习到很多东西。但是，钏路保健所的上田这般说道：

"现在还是有人因游荡而失去生命。老龄化在不断发展，说实话，要完全消除因游荡而死亡的案例很难。但是，我们想要将这一机制变得更易于居民使用，我们期待在反复试验、不断试错的过程中逐渐完善进步。在这种意义上，我们的努力是没有止境的。"

"游荡模拟训练"及此后的老年人援助
——福冈县大牟田市

以认知症的游荡对策为契机，有些自治体正对老年人在当地的生活提供援助。

福冈县大牟田市，过去这里的炭矿业非常繁荣，但是1997年三池炭矿闭山以后，以年轻人为主的人口流向了福冈市等城市。大牟田市人口12万有余，其中65岁以上的老年人占比约33%，这一比例在全国人口超过10万的城市中排名第二。

大牟田市所举办的游荡模拟训练在全国范围内也颇有名气。该市每年9月会举办一年一度的训练，参与者搜寻全市地区，找到扮演游荡老人的居民。大牟田市也设有求救互助网，参与其中的警察、公共交通单位、市民等之间能够实现信息共享，合力寻找扮演游荡者的居民。

训练开始的契机是这样一件事。2003年的时候，一名患有认知症的老年男性在该市南部失踪，几天后，他的遗体在自家附近的山林里被发现。该男子的家人此前没有将他患有认知症的情况告诉周围人，在他失踪后，家人也仅依靠自己的力量搜寻。事后得知情况的居民无不深切地感受到尽早让尽可能多的人参与搜索工作的重要性，于是当地于2004年首次举办了模拟训练。之后，这一训练渐渐向市区扩散，为让其更具实效性，2010年开始在该市所有的地区举办。

2013年，我们对训练的实际情况进行了取材。训练假设上午9点失踪者家属向警察提交了失踪申报，随后警察将记录了失踪者姓名、年龄、着装、被发现失踪时的时间、当事人常去的地点等信息，以传真方式发送给市政府、消防局、邮局、JR及私营铁路的车站等单位。接到讯息后，大牟田市的长寿社会推进课会将失踪者信息发送到愿意接收该信息的居民登记的手机上，各方同时开始搜索。

进行取材的我们也不知道游荡者究竟身处何处。这一天的设定是，游荡者是一位名叫下田一枝的70岁女性，她身穿白色长袖女式衬衫、黑色或深藏青色长裤，手持一把伞作拐杖之用。该市准备的游荡者演员只有一人，但有的地区会自行安排一些人冒充游荡演员，这是为了让居民有更多机会发现疑似失踪者，和他们搭话。

训练开始约2小时后，我们正与居民一起在市内东部的三池地区搜寻游荡者的身影，当时并没有下雨，却见一名老妇手里拿着伞，慢慢走着。

"老奶奶，您在做什么呀？"

居民立刻上前搭话。这名老妇的衣着与此前描述的游荡演员的着装一致。

女子：我走到这儿来的，但现在我不知道家在哪里了。

居民：这样啊。您叫什么名字呢？

女子：名字……啊，我叫什么名字来着……

居民：别人是不是叫您一枝呀？

女子：是啊，我从小就被别人一枝、一枝地叫呢。

居民：是吗。老奶奶您走路走累了吧，来喝杯茶怎么样？

女子：好啊。

我们确认了这名老年女性就是游荡者，她坐在一边的石垣上喝起茶的时候，其他居民与警察取得了联系。不多久，巡逻车来了，训练也就告一段落了。

训练当天，市内各处都呈现这样的光景，实在令人叹为观止。我们感受到了整个地区的人们想要帮助认知症患者的意识之强烈。

以此训练为契机，有的地区制定了新的老年人援助办法。白川地区有居民约 7 000 人。2007 年，白川地区首次举办寻人训练的时候，参加者仅有 9 人，与游荡者的交流也仅有一次，人们的社区意识还不强烈。

据悉，当时居民大多对训练持怀疑态度。为什么地区内的人们要在行政机构的呼吁下照顾认知症患者呢？如果状况危险、需要守护的话，住进机构或医院不就好了吗？甚至有人提出这样的意见。

对这样的状况抱有危机意识的，是在当地的白川医院工作的医疗社工们（负责协调和解决入院患者等在经济及社会上遇到的问题的专业人士，多拥有社工资格）。白川医院的入院患者多为患有慢性疾病的老年人，虽然病情不一，但有不少人同时患有认知症。社工们在日常工作中深切地感受到，许多这样的患者都期待着出院后能回到自己家生活。设想自己的老年生活时，我们一定也想住在熟悉的地方吧。但是，居民们对游荡模拟训练的态度如此消极，出了院的认知症患者很难得到地区的全力援助。首先有必要改变居民们的意识。

社工们开始前往町内会、民生委员集会、老人俱乐部等处，动员地方上的人们协力为老年人提供援助。居民们最初的反应不佳，但随着大牟田市的游荡模拟训练受到全国的瞩目，白川地区的参加者数量也逐年增加。渐渐地，居民们开始对认知症有所理解，也开始达成了这样的共识："认知症不是别人的事，如果我自己患上了认知症，也会想要住在熟悉的地方。"

社工们成立了非营利组织（NPO），这样一来，主导行动的将不再是行政或医院方面，而是以居民为主体。他们在居民中募集工作人员，开始为独居老人提供购物、打扫等生活援助。

在这一过程中，本不相识的居民之间打起了招呼，地区上人与人之间的关系也更紧密了。在力所能及的范围内，NPO的成员们为入住白川医院后有意愿回家生活的老年人提供帮助，出院后回到自家而不是机构或其他医院生活的患者增加了。

在出院患者中，也有因认知症而游荡的人。地方上要对这样的老年人提供援助的时候，包括他们的家人、看护援助专员、民生委员及NPO的成员、附近的居民等在内，多则数十人会在公民馆之类的场所集合，详细商讨为患者提供援助的方式。

当认知症患者外出情况较多的时候，大家会商定非常详细的援助手段，为患者提供帮助。比如，在地图上标出患者常去的店家以及散步路线等信息，与相关人员共享；向商店的工作人员说明患者患有认知症的情况，请他们留心，如果看到患者结账时表现困惑的样子或似乎迷路了的样子，要及时与看护援助专员等取得联系；告诉街坊邻里，看到患者在傍晚或是夜间独自外出的时候，要上前询问，并陪同其回到自己家；等等。

即便有这样完善的援助体制，患者失踪的情况仍会发生。但是，社区平常就掌握着每位患者的日常动向，许多人共同守护着他们，因而即使有失踪情况发生，也能立刻找到患者下落。如果遍寻不到，居民们也能够迅速作出反应，立刻联系求救互助网，防止患者死亡这一最坏情况的发生。

用最新机器查找位置

患者因认知症而失踪之时，如果能够知道失踪者的位置，就能去接他们回家了。为了满足家属的这一需求，带有GPS功能的商品的销售及开发盛行。

首先运用GPS功能的，是大型安保公司"西科姆

（Secom）"。他们开发了能够置于掌心的便携型终端，截至2014年7月，包括法人和个人在内，全国共有约100万件合约（但是，这其中除了人以外，还包括确认金融商品等物品位置的合约。而且在个人合约中，不仅有给老年人使用的用户，还有许多用户是给家中的孩子使用的。因此，以应对认知症的游荡症状为目的使用该商品的具体比例究竟是多少，目前还无法得知）。

用户从西科姆租赁终端，让需要确认位置的家人携带，通过网络检索、致电操作中心等方式都能够确认位置信息。检索的次数根据每月的使用费用决定（每月10次检索900日元、60次2 900日元，不含税）。最近越来越多的自治体开始资助使用费，比如在东京町田市居住的大多是65岁以上的居民，因认知症而出现游荡行为的患者每月可以432日元的价格租借终端。

我们对实际在町田市使用GPS终端的家庭进行了采访。永尾阳子（76岁）让自己患有认知症的丈夫浩（77岁）随身携带了GPS终端。浩患有轻度阿尔茨海默型认知症，日常生活大多能够自理，但出门经常会迷路，阳子对此感到不安。

开始使用GPS终端的契机是这样一件事。2年前，阳子让浩独自看家，自己出门买东西，浩却失踪了。阳子拨打了110报警，她自己也骑着自行车到处寻找，好不容易找到了浩，但当时的阳子已经吓得魂飞魄散。

不久，阳子得知町田市有出租GPS终端的服务，便抱着试一试的心理提交了申请。一开始，浩对带着不熟悉的东西外出非常抵触，但每次出门前，阳子都要苦口婆心地劝说，他最终还是勉勉强强地把终端放进了口袋里。

我们与浩一起外出散步。戴着帽子、手持拐杖的浩，在幽静的住宅街内快步前行。不论在哪里拐弯，这一带都是一排排的独栋小洋房，我们也快要迷路了。浩不顾我们的担忧，时而驻足眺望树木，时而倾听风声，继续前行。

浩出门30分钟后，做完家务的阳子打开了电脑。在检索网站上，只要输入用户名和密码，就能显示浩所在的位置。这一天，浩正在离家500米左右的市建道路边，阳子决定骑自行车去接他。骑了几分钟自行车，阳子抵达了浩的所在地，两人一同回家了。

"只要有了这个GPS终端，随时都能知道浩的所在位置，真的太方便了。但是，我不提醒浩的话，他经常会忘记带出门……"

确实，这些GPS终端的共同问题就是，很难让认知症患者随身携带。认知症患者经常会像浩一样，有时是不愿意携带不熟悉的物品，有时是忘记带出门，把终端放在了家里。

"失踪是关乎生命的事，我很高兴有GPS终端的存在，但我也感到要让患者本人接受并带在身上是很困难的。"

这样的烦恼能否解决呢？一家东京的风险企业正在尝试用新方法解决这个问题。Cherry·BPM株式会社的社长山田荣玉拥有看护社工的资格，还曾在养老院做过看护援助专员，他想到了一个主意，开发了这样一件商品。

"我以前在养老院看护认知症患者的时候，发现大多数人在出门的时候都知道要穿鞋。如果没穿鞋的话，赤着脚外出是非常显眼的，应该也能立刻得到救助。"

由此诞生的产品便是"GP鞋"。这款运动鞋使用魔术贴，方便使用者穿脱，鞋底的部分嵌有小型GPS终端。家属只要打开智能手机专用应用，就能定期查看穿着鞋的当事人的所在位置。此外，如果当事人很久不穿鞋，可能长时间没出门的话，这一信息也以邮件的形式发送至家属手机。

我们取材是在2014年6月的时候，GP鞋即将发售，正处于开发的最终阶段，有几名试用者在使用后给予了反馈。其中之一是涉谷聪（44岁），他在东京都内经营着一家电视节目制作公司。他的父亲久男（74岁）独自居住在位于大阪市的老家。久男患有阿尔茨海默型认知症。

久男在10年前被确诊患上了认知症。约3年前开始，久男几度走失，至今为止，聪至少报警5次，请警察帮助搜寻。久男第一次失踪之后，聪购买了带有GPS定位功能的手机，但是久男时常把手机放在家中就出门了，有一次竟然还把手机拆开弄坏了。

有一次，不与父亲同住的聪接到了久男所在的日间看护中心职员打来的电话，对方称"我来接你父亲了，但他不在自己家"，聪闻言急急忙忙地坐上新干线，打算赶回大阪，途中又接到联系称父亲已经被找到了。每次发生这样的事情，聪都心急如焚，不知该怎么办才好。因为工作，聪很难回到大阪与久男同住。但是，如果让长年在大阪生活的父亲换个环境生活，也许会对他的病情产生不利的影响吧。

"父亲每周会去3次日间看护中心，那些天我当然也会感到担心，但除了那3天以外的日子父亲都是怎么度过的呢？一想到这，我就感到忧虑不安。"

聪在网上检索是否有好的解决办法，于是发现了GP鞋。他致电公司表示自己想尽快试用，成为了产品试用者。

当事人穿上GP鞋外出的时候，使用者的智能手机会收到"当事人现在外出了"的邮件，且当事人走动的时候，GPS系统每隔10分钟就会将其所在地点标示在地图上。如果将较大的十字路口、铁道口等特定场所预先设定为危险区域，当事人靠近这些区域时，使用者会收到"现在当事人正接近危险区域"的提示邮件。

聪把久男家玄关的其他鞋都收起来了，只放了一双GP鞋，这样便可以确保久男会穿着GP鞋出门了。聪在约400公里之外的地方也能够守护父亲的安全了。

久男不去日间看护中心的日子里，聪会在工作之余用智能手机查看久男的所在位置。

"能方便地查看位置信息真的帮了大忙了。"

这一天，久男在自家附近散了一会儿步，不多久就回到家了。

但是，聪还有其他的顾虑。如果久男外出后迷了路，无法回家，身在东京的自己也没法立刻赶去接父亲回家。于是，聪拜托了负责的看护援助专员、日间看护中心的工作人员以及亲属，如果发生紧急情况，请他们代自己接父亲回家。此外，聪决定，在没人能帮忙的时候，他会联系警方。

另外，GP鞋的GPS装置需要充电。在我们取材的时候，电池的电量还充足，但是如果当事人夜间也有可能外出，就需要12小时充一次电，一般情况下也需要24小时充一次电。聪将此事托付给了负责的看护援助专员，每天上门服务的护工会为电池充电，除此之外，聪还拜托了接送久男的日间看护中心的员工留意电量。

　　聪说："使用了GP鞋后，我发现父亲几乎每天都会花很长时间去各种各样的地方。这样一来我反倒更担心了（笑），但是比起因不知道父亲的位置而担心，通过鞋子和手机应用与父亲的生活联系起来，这样更让我感到安心。"

　　GP鞋于2014年年末开始发售，供不应求。电池原先需要每天充一次电，现在销售的改良商品只需每两到三天充一次电。

要点解说·家庭对策

后藤浩孝（NHK 报道局社会节目部 导演）

家庭对策 1　如何控制游荡症状

在这里，我们想要向因患者的游荡症状而烦恼的家属们，介绍一些可减轻游荡症状的方法，大家可在家中尝试。

游荡是最令看护认知症患者的家属烦恼的症状之一。游荡行为是由周围的环境及患者自身的性格等各种原因引发的，因此没有必然能够减轻症状的绝对解决方案。对此我们感到很遗憾。

但是，在采访了医疗及看护方面的专家后，我们发现了一些值得一试的看护方法，我们将其整理为 6 个要点。很难说症状一定能够减轻，但是这些要点具有一定的借鉴价值，供大家参考阅读。

要点①　调整昼夜节律，有效使用看护保险服务

看护家庭最感到烦恼的事情之一，便是患者的夜间游荡。

阿尔茨海默型认知症患者判断自己身在何处的能力变弱了，天色渐暗、无法看清周围环境之后，这些患者就容易迷路，甚至可能回不了家。家属有时要阻止患者夜间外出，有时要陪伴在其身边，最终自己睡眠不足，精疲力尽。

在这种情况下，应该如何应对呢？

熊本大学的池田学教授被誉为认知症行为和精神症状研究的先驱，他建议，家属应当关注患者昼夜颠倒的问题。

"最重要的事就是调整患者的昼夜节律。白天的时候，处于熟悉的环境中，患者大多能够自主归家。但是，在较为昏暗的夜间，就连健康的人找路都有些困难，认知症患者更不必说，白天认识的路到了晚上可能就难以辨认了，致使走失的情况发生。家属可以在白天利用各种对策调整昼夜节奏，这样也能够不违背患者本人的意愿。"

要在家中调整患者的昼夜节律，可参考以下方法。

- 上午晒日光浴
- 睡觉时适度调节室温及明亮程度
- 午睡控制在20分钟左右
- 做适当的运动

池田还建议家属有效利用短期入住服务。短期入住服务指的是，在一周或短时间内，让患者入住看护机构的服务。

"与专业的看护人员进行彻底的沟通，将患者的午睡时间缩短到最少，让其在白天消耗精力，这样一来，患者自然而然就能在夜间睡得香甜。目标就是重新构建患者的昼夜节律。重要的是，患者家属、看护援助专员、经常就诊的医生等人，需要向短期看护的工作人员正确传达调整昼夜节律的目的，让他们充分发挥看护技术。"

即便患者使用了短期看护服务，如果白天睡了午觉，夜间在机构中四处游荡，那么回到家还是会持续之前的状态。

为了解决患者昼夜颠倒的问题，家属方面需要清晰地传达使用看护服务的目的，向照顾患者的看护机构提出自己的愿望是很重要的。

池田说道："大家使用看护服务的时候要有这样的意识，要将看护服务当作治疗性手段来看待。机构能够在了解患者症状的大致情况后，在确保安全性的同时，提供专业的看护服务。当然，由家人看护患者的话，由于看护者对患者本人的生活习惯、个人喜好等信息有全面的了解，在个别问题的应对上，不少人能得心应手地处理一些特殊情况。正因如此，面对专业看护机构时，应该向其寻求一些家属力所不逮的帮助，否则实在有些可惜。"

使用看护保险服务，对傍晚症候群也有积极的作用。傍晚症候群指的是，患者在傍晚时分变得无法平静，会一边说着"我必须回家准备晚饭""我要去公司了"之类的话，一边就要出门。一些案例中，患者就是这样走失的。

在这种情况下，可以使用日间看护服务的延长服务，或是小规模多功能型居家看护等服务。

如果使用普通的日间看护服务，患者的回家时间一般是下午3点到4点之间，离5点还有一段时间，在傍晚症候群发作的时间段就需要家属来应对。但是，如果使用延长服务的话，患者可以在看护中心待到晚上7点左右，在傍晚症候群最高发的时间，患者能够接受专业人士的看护。

小规模多功能型居家看护指的是，患者前往事务所接受看护或是在那里过夜，是一种便于使用者灵活搭配时间的看护服务。这样的服务在日本越来越多了。这一服务能够根据具体情况调整使用时间，家属便可以在患者的傍晚症候群发作之后再将其接回家中。

在使用这些看护服务的时候，有时会出现无法立刻预约的情况，或是发现家附近没有事务所。即便如此，只要好好与看护援助专员沟通、表达自己的期望，一定能够找到合适的服务。

要点②　夜间适当照明，明确卧室和卫生间的位置

随着游荡症状的进展，有些患者不仅在外面会迷路，在家中也会迷路。老年患者夜间去厕所的次数会有所增加，若起夜时发生混乱，患者就更加难以正常入睡了，结果便是昼夜颠倒。很多情况下，看护者夜间也要起床陪同患者，到了白天，疲惫之下便会和患者一起睡觉。

为防止这些情况的发生，可以试着在卧室和卫生间的门上做醒目的标志，让患者更容易找到，这样就可以减少患者在家中游荡的情况了。不妨在A4大小的白纸上用黑色记号笔写上"卫生间"等字样，再用胶带将其贴在对应场所的门上。放置花等记号物作为提示也是有用的。

池田说道："认知症患者对于时间及空间的认识能力有缺陷，有时候他们不能理解普通的表示方式，所以才会一直游荡，最终走失。不过，他们搞不清自己身处何地，只是因为他们的理解能力变弱了，只要我们抓住线索，弥补他们认知上的不足，在一定程度上就不会出事了。"

此外，夜间将走廊及卫生间的灯打开，使这些空间更为明亮、易辨识，这一点也很重要。并不需要非常亮堂，只要是正常人走路不会被绊倒的程度就可以了。

要点③　关注患者疼痛、想要如厕等身体状况，防止家中环境过热或过冷

有时候，认知症患者会因为感受到疼痛或是发痒而游荡，我们需要注意患者的这些身体状况，一旦发现问题就要及时改善。

爱知县名古屋市综合上饭田第一医院老年精神科部长鹈饲克行，合著有BPSD（认知症的行为和精神症状）初期应对的相关研究著作，他表示："感到发痒、疼痛等时，就算是普通人也会烦躁不安。认知症患者有时候无法正常与人交流，这时候，这些身体上的不适症状就会体现在行动上，患者可能因此出现游荡等症状。"

肚子饿了、想上厕所等生理上的欲求没有得到满足时，患者也可能游荡。

此外，我们还应当关注环境的舒适度。房间里是不是太热或太冷了？是不是太吵、太亮了？是不是有难闻的气味？环境给五感带来不适的时候，有可能致使患者游荡。

这种时候，我们应仔细观察患者的表情及动作，考虑如何采取适合患者的应对措施是很重要的。是不是牙疼

了？是起疹子了所以身上痒吗？明明喜欢明亮的环境，现在改变心意了吗？每个人对环境的喜好都不一样，家人对患者是最了解的，若能认真考虑对策将大有帮助。

鹈饲指出："虽然周围的人不一定理解，但患者本人肯定是为了达成某种目的才做出某个举动的。我们要追究患者行为背后的原因。包括身体状况、周围环境等因素在内，当患者感到不安的时候，就可能会开始游荡。举例来说，发现平时一直在一起的妻子不见了，丈夫就会到处寻找。虽然这不容易，但我们要学着读懂患者内心真正的诉求。"

要点④　与患者对话时注意说话方式，适时询问目的或缘由

在患者打算游荡的时候，我们要主动与其搭话，在对话过程中了解患者游荡的目的，考虑解决对策。认知症看护研究及研修仙台中心的研究团队指出了上述方法的重要性。该中心与大学等单位合作，从事老年认知症患者看护相关的实践性研究。

以阿部哲也研究及研修部部长为核心，该研究团队已对超过1 400家事务所进行了问卷调查，对成功的游荡应对护理实例进行了分析。以没有认知症看护经验的人和刚刚开始看护的人为受众，该团队于2014年出版了一本讲解集，介绍了看护中的实际应对方法。

阿部解释了出版该书的目的："我们以看护专业人士在一线应用的有效对策为基础，整理了看护技巧。根据患者本人的个性进行护理固然重要，但阅读本书，通过尽可能简单明了的方式了解具体应对方法，家属也能够获得一些看护方面的启发。"

讲解集强调，说话的方式很重要。通过使用"你怎么啦？"这种既符合患者状态又不会破坏其心情的话语，询问患者某一行为背后的目的或理由，从其回答中寻找真正的原因。

为了阻止患者游荡而使用一些敷衍、欺骗性的话术并不可取，我们的目的是要通过询问患者游荡的根本原因，以作出恰当的应对。

比如，患者回答"这里不是我的家。我想要回自己家"的时候，我们可以试着问："为什么你想要回去呢？"这时候，我们不要抱着必须制止患者游荡的意识，而是要仔细地询问其游荡的理由，以能与患者本人产生共鸣的方式进行对话。我们以平和的态度继续对话，就能够抓住本处于兴奋状态的患者的心，就有可能让患者理解，自己身处的场所就是自己的家。

此时的重点在于，要使用"一直以来都很感谢你""爸爸在我身边真是帮了大忙"等包含感谢或褒奖意味的话语。当患者感到自己被需要的时候，游荡症状也可能有所减轻。

在青森县从事认知症看护指导工作的秋田谷一也是该研究团队的成员之一，他有超过15年的一线看护工作经验。他这般说明道："将游荡行为本身当作问题，应对时不考虑患者的心情，那是不行的。为什么患者想要外出呢？为什么四处转悠呢？我们的应对方式要照顾到患者的情绪和他们那么做的理由，这样的话，患者的内心才会感到安稳，自然就会减少游荡的行为。首先，要考虑患者本人的心理和情绪，这一点非常重要。"

以下说话方式也有一定的效果。

- 对现在的状况及今后的打算予以说明
- 患者想说话的时候，耐心地按患者的步调与其对话
- 不要站在患者正面，采用阻挡其前进的对抗姿势，而是要站在患者旁边或斜对面，不要给患者压迫感

秋田指出："认知症患者的记忆会突然中断，有时他们会因为不知道自己身在何处而感到不安。不断用温柔的声音与他们对话，能给他们带来安心感，也就是为他们创造心灵的归宿。"

要点⑤　注重营造患者熟悉、能够安下心来的环境

下面将介绍认知症看护研究及研修仙台中心的研究团队建议的另一种方法。那便是注重营造"熟悉的环境""令人安心的场所"。

因住院或搬家导致环境改变之时，认知症患者会突然变得不安，游荡症状也可能恶化。这是由于患者对时间及地点的认识能力较弱，不知道自己身在何处，在不熟悉的环境中就会感到不安，因而更易引发游荡。

反过来想，如果我们能维护好患者熟悉的环境、创造出能让其安心的场所，那就能减轻患者游荡的症状了。

北海道社会福利法人"宏友会"的特别养老院院长保坂昌知也是研究团队的成员之一，他指出："认知症患者不擅长使用方便但设计新颖的物品。我们应该从患者长久以来的生活方式出发，考虑他们的喜好，观察他们的行为，创造出适合患者的、能使其安心的空间，也就是营造能让其放松休息的场所。"

实际的方法举例如下。

- 不要随意更换家具、日用品等经常使用的物件
- 如果患者喜欢观赏植物，为其准备一间便于照料植物的房间，并在房间中放置盆栽
- 将沙发放在固定位置，将家庭照片放在显眼的位置，使患者获得安心感

怎样营造患者熟悉的环境？怎样创造出能让患者安心的场所？我们需要重新审视自家的居住环境。

研究团队还整理了其他看护技巧，详情可见《续 第一次看护认知症（游荡·兴奋暴力·回家愿望篇）讲解集》，该讲解集已在网上公开。

虽然这本讲解集主要是面向在机构等从事看护工作的人士，但为了方便在家看护的患者家属参考，书中几乎没有使用专业术语，用的都是浅显易懂的话语。想要了解详情，可以免费下载阅读。

（URL: http:// www.dcnet.gr.jp/ support/ research/ center/ detail.html? CENTER_REPORT=228center=3）

要点⑥　饮食、更衣、如厕等的生活辅助能够安抚患者的情绪

关注认知症患者在生活中感到苦恼的事，对这些方面给予帮助，就能减轻游荡的症状。

给出上述建议的，是神奈川县三浦市内的看护老人保健机构"菜之花苑"的看护部部长松浦美知代。看护老人保健机构主要提供康复等医疗及看护服务，旨在帮助患者早日恢复居家生活。其中，"菜之花苑"这样的认知症专业机构在全国范围内也属少数。恢复居家率指的是离开机构、回到自己家生活的患者比率。2014年"菜之花苑"的这一比率超过了85%，许多因患者游荡等行为和精神症状而烦恼的家属纷纷慕名前来。

松浦指出："患者生活上的不便会引发游荡症状。比如，认知症患者想上厕所时却找不到厕所，可又不得不做些什么，于是便会开始四处走动。而患者的游荡行为总是会遭到看护者的责怪和制止，这样一来，患者在精神上便陷入了绝境，内心也会不安，这又可能导致新一轮的游荡。"

就具体的护理而言，对于"饮食""更衣""如厕"等患者日常生活中的行为，看护者需要了解患者力所不能及的方面并提供辅助，帮助患者发现自己力所能及的方面，这样一来患者的情绪能够得到安抚，游荡症状也会有所减轻。具体做法举例如下。

- 饮食：对于不愿吃饭的患者，可将餐具放在其视线前方；对于吃到一半不愿继续吃的患者，可将副菜的一部分放在主食上，提高其吃饭的兴趣。

- 更衣：当患者不知道穿脱衣顺序的时候，只解开衣服的一枚扣子，然后让患者继续，将其脱下的上衣放在本人看不到的地方，避免其搞混，提高患者换衣服的意欲。

- 如厕：对于因不知道卫生间位置而失禁的患者，当看到其在走廊上来回走动、手放在裤子前方时，对患者进行劝导，让其在卫生间排泄。

乍听之下，这些对策似乎与减轻游荡症状没太大直接关系。这样做真的有用吗？我们向松浦询问后，她给出了如下回答。

"其实在我们这里，过去患者也是以小组为单位在机构中散步的。我认为让患者自由地生活比较好。但是，在我们改变了给予患者生活援助的方式之后，几乎没有患者到处找门、想要外出了。我们并不是在饮食、如厕、更衣等生活的方方面面完全代办，而是让患者自己负责力所能及的方面，其余的部分由我们给予帮助。环境能够影响患者本人的能力，并引起行为上的变化。"

松浦强调的是，不要从看护者角度出发去制止患者做出令人困扰的行为，而是从患者本人的角度出发，为其提供切实的生活帮助。

"想上厕所；没法换衣服；肚子饿了，但不知道食物在哪里，诸如此类患者生活上的困难，会以游荡的形式表现出来。家人什么都不让患者做，不给患者参与生活琐事的权利，限制患者的行动，这些行为反而会导致不好的结果。"

游荡等行为和精神症状是在各种因素的叠加之下出现的。给予患者生活行为上的帮助，最终可能会带来积极的效果。

以上就是我们列举的6项要点，对此可能有人会怀有这样的疑问："药物疗法没有效果吗？"就伴随认知症的游荡的具体症状而言，还没有明确证据证明哪种药物能够产生直接且有效的作用。

熊本大学的池田教授指出："因患者痛苦就开安眠药的话，可能会引起走路眩晕等状况，风险非常高。"

不使用药物的治疗方法，原则上是优先选项。

但是，药物疗法也并不是完全不可取。在医疗现场，抗精神病药物等得到了广泛使用。认知症中一部分疾病也能通过药物治疗使症状得到一定程度的改善。但是，如果使用不当的话，可能反而会导致病情恶化。国家于2013年公布了面向坐诊医生的用药指导方针，呼吁医生适度用药。

若要对患者使用药物疗法，患者需接受认知症专科医生的正确诊断，医生在准确掌握患者病因及症状之后，方可慎重地用药。

还有两点需要我们关注。

第一点是，游荡的症状并不会一直持续。虽然不会完全消失，但发作最频繁的高峰期大约维持半年至一年的时间。

患者的病情在不断进展，随着积极性下降等症状的出现，患者想要走路的冲动会减少，从结果上说，游荡最终不再会是看护上的问题。

另一点是，我们需要事先考虑游荡症状发生的可能性。最近越来越多的患者在认知症初期阶段就得到了确诊。这时候，我们需要向医生了解今后患者可能会出现怎样的症状。在患者受到夜间游荡之苦的折磨之前，如果家属能提前与看护援助专员商讨对策的话，实际应对起来能更加得心应手。

提前考虑护理及上述事宜，能够为家属带来安心感。

在这里还要再提一下，目前还没有减轻游荡症状的绝对方法。但是，大家也没有必要感到绝望，不要觉得到了只能放弃的地步。在应对记忆障碍等伴有脑细胞变化的核心症状之时，没有能让患者恢复如初的治疗方法，但若能根据具体情况灵活应对，游荡等行为和精神症状是有可能好转的。

疗效虽没有得到确证，但被称为非药物疗法的方法有时也是有效的。在医疗单位及看护机构举办的"脑训练"活动大多不是面向家庭的，所以之前未曾详述，这些活动包括训练以记忆力为主的认知机能的认知康复、通过美术及音乐唤醒大脑活性的艺术疗法等，这些非药物疗法同时还能够丰富患者的生活，值得一试。

不论尝试哪种方法，抱着烦恼看护着患者的家属们在自家努力看护的同时，也要向医疗及看护的专业人士咨询，在必要的时候，还应当积极地使用短期看护、日间看护等看护服务。这样一来，才能最终减轻家属的负担，给认知症患者本人带来积极的影响。

家庭对策2　患者走失的预防

即使尝试了各种减轻游荡症状的方法，也无法完全阻止患者外出。为应对患者失踪的情况，我们该做什么准备呢？接下来将介绍6个要点。

要点① 在患者的衣物上别上名牌，让他人知晓其身份

如果事先在患者的衣物上别上名牌的话，患者被救助时就能很快明确身份了，家属也能立刻接到通知。名牌应写有姓名、住址、电话号码等信息。可以写上两个电话号码，一个是家属的号码，另一个是家属不在时能够联络上的另一个人的号码。名牌可以别在衣服的内侧或领子内侧等不显眼的位置。

有些自治体会向家属配发具有名牌功能的物品。

东京都大田区正在开展"守护高龄者钥匙圈工作"。事先登记当事人的紧急联络人及所患疾病等信息后，家属就能收到一枚印有编号的钥匙圈。上面写有地区综合援助中心（接受各种看护咨询的机构。不同的市町村机构名称可能不同，但都简单直接）的电话号码等信息，致电询问就能查明当事人的身份信息。钥匙圈上写有的信息仅为登录

号码，当事人的姓名、电话号码等个人信息也得到了保护。

栃木县壬生町向家属配发了铝制项链"生命胶囊"。胶囊中有一张纸条，上面记录了当事人的姓名、住址、紧急联络人等信息，为了方便携带，胶囊被制成能够佩戴的项链样式。若发生紧急情况，打开这枚胶囊就能迅速采取应对措施了。

大家可向自己居住的自治体询问是否配发类似的物件，如果有的话，请各位有效利用。

要点②　在患者常用的钱包、背包中放入名牌，以备不时之需

在衣物上别名牌看似简单，实则需要花费不少功夫。给所有衣物都配上名牌固然万无一失，可若有漏网之鱼，一不小心就可能让认知症患者穿着没有名牌的衣服出门了。

为了预防这种情况的发生，我们可以事先将名牌放入患者经常随身携带的钱包或背包中。认知症患者大多不会忘记携带熟悉的物品，时常会带着自己喜爱的钱包或背包。如果事先在这些物品中放入表明患者身份的名牌的话，就能预防不测情况的发生。

另外，也可以选择在护身符中放入名牌。

要点③　有效利用感应器

装设针对认知症患者的感应器也是一项有效的对策。

在认知症患者经过玄关、准备外出的时候，感应器会对地垫里的重量感应或红外线感应作出反应，通过门铃等

通知家属。一些产品还能够感应到患者离开床的动作。

使用这些感应器的话，就能在患者要出门时及时知晓，从而制止或陪同其外出。

患者接受了需要护理程度认定后，大多可以使用看护保险租赁感应器。费用根据感应器的价格各有不同，一般在每月 600 至 1 000 日元左右。有些产品还能够通过感应器自动出声呼唤患者。在各种产品之中，究竟哪一种才是最适合自己的？关于这一问题，可以与看护援助专员进行详细讨论。

要点④　事先将患者情况告知街坊邻里及当地警察

我们可以事先将患者情况告知住在附近的人、患者本人经常光顾的店家等，拜托他们看到患者独自一人在外行走时与家属取得联络。如果不想让他人知道患者的病情，要采取这样的对策就比较困难了，但是我们认为，认知症是社会整体的问题，地方上应该也有许多人能够对这一疾病表示理解。

我们采访的一户人家事先制作了一批传单，上面写有患认知症的父亲的特征。他们将传单分发给店家、公交车公司、出租车公司等单位，拜托相关人士在看到父亲时主动与家属取得联系。这一做法确实派上过实际用场，事先将患者信息告知他人绝不是无用功。

另一项有效的对策，是事先咨询当地的警察局及附近的派出所。家属可以在纸上写下患者的紧急联络方式及身体特征等信息，并附上患者照片，做成书面文件交给警方。

警方事先得知了情况，在紧急情况下就能迅速采取应对措施了。

要点⑤　有效使用GPS定位终端

第七章中提到，如果让患者本人携带GPS终端，就能立刻检索到患者所在位置，非常有效。但是患者常常不携带GPS终端就出门，不少看护相关人士声称对其有效性抱有疑问，但是就我们取材所掌握的案例，若当事人失踪时携带了GPS终端，几乎没有因未被及时找到而死亡的情况。

确实，患者不随身携带GPS终端的情况时有发生，但是如果采取措施，如将终端放入患者喜爱的背包中，会给家属带来莫大的安心感。

除了大型安保公司以外，其他机构也在开展GPS终端服务，更加小型的产品也得以问世。如前文所述，装置在鞋子上的GPS终端也正在开发中。

问题是费用。使用GPS终端需要支付加入费和每个月的使用费，会给患者家庭产生一定的经济负担。使用GPS终端尚未被纳入看护保险中，不过有些自治体会提供机器租赁服务或费用补助。请大家向自己所属的自治体了解相关情况。

有意见指出，在看护者本人同为老年人的情况下，可能会因GPS终端的使用方法较复杂而无法正常使用。这时候就需要其他家属的帮助了。也有不少老年人只要听了认真详细的解说，就能够掌握使用方法，不要想当然地认为老年人无法操作这些机器。

使用一次后，如果觉得不合适，可以暂停使用。我们想再次强调，GPS终端是让患者随身携带的定位设备，虽然需要支付一定费用，但只要家属掌握使用方法，它是防止患者走失的一项有效的对策。

要点⑥　登录求救互助网，听取建议

如果您居住的市町村有求救互助网的话，我们建议您登录互助网。如前所述，一旦登录，若患者失踪，就能迅速号召到许多人协助搜索，大大增加患者被发现的可能性。

登录互助网还有一样间接的好处，就是有机会得到看护相关人士提供的建议。办理登录手续时，家属不妨在咨询窗口将看护相关的烦恼告知专业人士，专业人士会提供各种各样有用的建议。在患者走失的问题上，每户家庭的情况各不相同，相信每个人都有各自想要咨询的问题。运行求救互助网的自治体内，肯定有经验丰富的专业人士，他们一定能够给出解决问题的对策。而且，行政方面如果能够掌握地区内因游荡而烦恼的患者情况，也有利于今后完善帮扶体制的建设。

家庭对策3　患者失踪后应当采取的措施

即使已经做了各种事前工作，患者却还是失踪了，这时应该怎样应对呢？基于向专业人士的取材，以及与实际走失患者家属的对话，我们想要介绍一些"能够提高患者被平安找回的概率"的对策。

要点① 将时间划分好进行搜寻，找不到就报警！

患者失踪后，家属首先会拼了命地寻找，无论如何都找不到的情况下，才会去报警。相信有很多人都是这么考虑的。

那么，"无论如何都找不到的情况"具体指的是寻找了几个小时以后呢？

在日常生活中，打110报警是一个几乎没机会经历的体验。不少人想着"还是不要给人添麻烦吧"，立刻就断了报警的念头。这一点在第三章的家属问卷调查结果中也得到了体现。

患者失踪后，究竟家属自主寻找多久后报警才合适？事实上，即使是医疗及看护的专业人士也很难答得上来。

围绕认知症的看护及治疗这一话题所出版的书，更多的是面向专业人士的课本、研究丛书等，而不是面向普通人的。在这次取材的过程中，我们翻阅了超过300种出版物，没有一本书介绍了普通家庭中患者失踪后，报警的顺序等具体信息。

我们向若干专业人士提出了这一问题，终于得到了值得参考的回答。给出这一回答的是从事看护及福利风险咨询工作的山田滋先生。

山田原先在保险公司工作，他会就看护机构发生的看护事故，从风险管理的视角出发收集信息，提出预防的对策。山田因工作原因往来于全国各地的看护一线，对现场的实际情况非常了解，他也知晓许多认知症患者失踪问题相关的实例，还参与制作了面向看护机构的"失踪应对手册"。这些机构应用的对策，在家庭中也能起到作用。

对于家庭中发生的患者失踪事件，山田提出了以下应对顺序。如果事先准备好的话，意外发生时，家属就能冷静应对了。

一、在家中搜寻5分钟左右

二、在家的周边搜寻5分钟左右

三、在附近患者可能去的地方搜寻10分钟左右（事先将这些地点列举出来）

四、至此花了约20分钟。还没有找到患者的话，立刻打110报警。相比去派出所，直接打110报警更好。前往派出所也是要花时间的，而且110报警电话会全程录音，如果家属能将"我的家人失踪了，因其患有认知症，可能会有生命危险，请尽快搜寻"等信息清楚地告知的话，警方也能采取更切实的应对措施。

具体搜寻所用的时间，因住宅的大小、居住地区是都市还是农村、住的是独栋小楼还是公寓等因素有所不同，因此上述时间只是一个大致数字。

最重要的是，将时间划分好进行搜寻，找不到就报警。

关于这一应对方案，山田说道："如果不划分好搜寻所用的时间，报警的时间会越拖越晚，患者被发现的概率也会越来越低。确定了搜寻的时间，家属对于报警，心理上就不会犹豫。为了能够迅速应对，必须定下规则，这一点很重要。"

20分钟的话会不会太短了呢？可能有人会这么想吧。其实我们也有着同样的疑虑。询问了山田后，他给出了如下回答：

"我们并不知道认知症患者正在朝着哪个方向前进。大家可以参照地图，以自家为圆心画一个圆，尝试在这个范围里四处走动。这样一来就会明白，仅仅5分钟之差，搜索范围便要扩大许多。如果患者坐上了公交车的话，搜索范围就更大了。先自己找个两小时、三小时……很多人也许会这么想，但实际上那样的话就太晚了。"

原来如此，我们理解了。

"家里5分钟，家周边5分钟，附近10分钟。找不到的话就打110报警。"

这一应对方案非常有参考价值。

在家中寻找的时候，请确认衣橱等狭小的空间。如第三章所述，患者有时候会待在浴室等意料之外的地方。

要点② 向所有相关人员寻求帮助

报警后事情还没有结束。不应只有家人搜寻，还应向地区内所有相关人员寻求帮助。哪怕是多一个人一起寻找也是好的，这一点请大家不要犹豫。

地区综合援助中心起着自治体窗口的作用。如果自治体已有关于失踪事件的规章，我们应该按规行事。

不少市区町村会利用防灾行政无线系统搜索失踪者。这种情况下，家属可请求行政方面通过防灾行政无线系统播报失踪者信息。如果不知道具体联系方式的话，可以致电自治体的代表热线直接询问。

家属还应当请求消防队立刻协助搜索。但一些情况下没有经过具体手续，消防队无法出动。这时，家属可以向消防队的工作人员咨询必要的手续，完成相关手续后再请求其出动，搜寻失踪者。

我们还可以向负责的看护援助专员寻求帮助。看护援助专员是看护方面的专业人士，对当地看护业者的实际情况也很了解。而且，家属原本就一直与看护援助专员分享患者的信息，所以他们应该也可以提供一些失踪者可能去的地方。除了看护援助专员，家属也可以向有关的看护业者寻求帮助。

邻居、自治会或町内会成员也是我们寻求帮助的对象。就算平日与他们不熟悉，但大多数人在理解了事态的严重性后，应该会愿意伸出援手的。

如果家属已经登录了求救互助网，遵照其规定通知各方支援是最为迅速的应对手段，请大家不要忘记这一点。

这样一一列举之后我们发现，地方上有许许多多的组织或个人是我们可以寻求帮助的。寻求帮助的顺序要根据地区的实际情况作判断，不同的家庭也会有不同的选择，我们可以事先将这些个人或组织的联系方式列表整理，并决定在何时向何处寻求帮助。

要点③　患者被平安找回后，理清事件脉络，咨询专业人士

认知症患者即便失踪了，多数情况下还是能够被平安找回的。但是，认知症患者失踪事件的发生是防不胜防的，

这是事实。因此重要的是，家属应当从失踪事件中学到一些经验教训，为将来可能再次发生的意外做准备。

患者是在什么时候、什么状况下失踪的呢？在哪里被找到的？搜寻的顺序是怎么样的？得到了多少周围人的帮助？

将事件的来龙去脉详细梳理过后，再向看护援助专员或地区综合援助中心的工作人员咨询。他们应当能告之今后的看护生活中所要注意和值得改进的地方。

患者是在夜间外出的吗？被发现的地点是患者经常去的地方吗？如何尽可能预防失踪情况的发生，失踪发生时又该如何应对，家属对这两方面多加思考，必然能找到一些值得参考的地方。

我们介绍了认知症患者失踪问题的具体对策，最后想谈一谈我们认为很重要的"立场"问题。

这一立场便是，在体恤认知症患者本人的心境的同时，守护他们的生命、给予他们生活上的援助。

如果一名认知症患者失踪了，事件背后一定存在患者本人的理由或想法。他或她可能是想要回到生活了很久、留恋难舍的故乡；可能是想要在美丽的蓝天下，像年轻时一样散散步。也许不为旁人所知，但患者的内心有想要完成的事，这应该得到周围人的支持和帮助。

因为担心有危险，有些人大白天就把门锁上，限制患者外出；还有些人则把患者当成累赘或是孩子一般对待。这样的应对方式对于患者本人和其家人而言，最终都会带来压力与痛苦，甚至让地区内的其他人产生毫无根据的偏见。

事实上，本章中我们并没有详述将门锁上、限制患者外出的对策。

对一线进行取材后我们发现，锁上门、限制患者外出的情况并不少见，"这样做是为了患者本人的安全"，诸如此类的声音时有耳闻。我们也理解，在夜间，这样的举措是比较现实的。采访中，常有人严厉地指出："用些听起来好听的手段是没法应付游荡症状的。只有患者家属才明白其中的痛苦。"

当然，看护着患者的家属有着不为他人所知的烦恼，我们需要为他们提供最大的援助。

在充分理解了家属的立场后，我们仍然认为，只要重视患者本人的想法，他们依然可以按照自己的心意外出，然后安全地回到家中。我们不应该尽可能营造这样一种能够让患者安心生活的环境吗？

锁上门是万般无奈之举，家属可以向专业的看护者或医生咨询，获得他们的帮助。

前文提到，来自大阪的岩本守道一直看护着经常出门游荡的妻子纯子，他接受了NHK特别节目的跟踪拍摄。在这里，我们希望大家能再一次认真倾听他所说的话：

"如果把家门上锁、把纯子关在家里的话，也许就能防止她游荡了。但家毕竟不是监狱啊。我不想这么做。"

把认知症患者当作一个有自主意识的人来看待，守护患者的这份尊严。为在尊重患者的前提下寻求失踪问题的解决方法，我们要做好力所能及的每一件事，杜绝不应发生的死亡事件。真心希望我们的社会能实现这样的愿景。

尾 声
节目结束后的柳田三重子与高桥艳

人来人往的病房

—— 如今的柳田三重子

在与家人重逢约半年后，柳田三重子从已生活了7年时间的群马县特别养老院搬到了东京都内的医院。现在的病房可以稍稍感受到她出生成长的街道的喧嚣。在这里，三重子安静度日。比起和丈夫滋夫重逢的时候，三重子的身体看起来又瘦了一两圈。

三重子的床头放了一张黑白照片，照片上的她身穿和服，与自小相识的女性友人并排坐在一户民宅的门前。那时候的三重子20岁左右，稚气未脱，但是笑容灿烂，非常美丽。

回到家乡后，每天都有许多人来探望三重子。

有照片上的女性友人。

还有三重子20多岁当播音员那会儿的电台同事们。

以及曾一同在浅草的街道度过快乐时光的商店街"老

板娘组合"的伙伴们。

虽然三重子无法用语言与他们交流，但只要身处同样的时间与空间之中，大家就足以分享三重子回到这个街区的喜悦。

2015年初，三重子的外孙女出生了。这个可爱的女婴，脸上有着三重子的影子。

"三重子回来了，还见到了孙辈，真是太好了。"

似乎是为了弥补那失去的7年光阴，滋夫今天也来到了三重子的病房。

失踪3年，仍无线索
——高桥艳后来的故事

居住在秋田县横手市的高桥艳，失踪时78岁，现在是她失踪的第三个年头。

节目播出后一年，还是没有关于艳的线索。

此前，艳的女儿草薙美惠子和儿子高桥茂一直分发寻人启事，呼吁大众提供线索，从今年开始，他们也不再继续了。

"在报纸或是电视上看到发现了身份不明者的遗体时，我们就会期待，那是不是妈妈呢……"美惠子这么说道，"我们希望妈妈能活着回来。但是如果她已经不在这个世上了的话，哪怕是骨灰也好，我们想带妈妈回家。"

一直以来都坚信着艳会平安回家的茂，内心也产生了动摇。

"如果能好好地为母亲举办葬礼的话，对她来说也许是件好事吧……但是现在还不是放弃的时候。母亲已经活到这把年岁，却落到生死不明的境地，实在太令人悲伤、太不真实了。我不希望再有人产生与我相同的心情。"

毫无线索的3年，什么时候、要怎样才能告一段落呢？

对于家人而言沉重又痛苦的日子还将继续。

结 语

"请问车站在哪里？"

2014年3月的一天，晚上9点左右，我们的取材工作渐入佳境。东京都乍暖还寒，我正走在住宅街上，一名看上去70多岁的男性来向我问路。

这名男子略弯着腰，但步伐稳健，衣着稍显单薄，但整体打扮整洁。我们当时所在的位置距离车站只有100米左右，于是我决定陪他一起走过去。男子边走边说着："不久前我出门买东西，现在天色暗了，我认不得路了。年纪大了真是麻烦啊。"

男子右手的确提着超市的袋子。虽说是"不久前"，但他是天色变暗之前出的门，那至少也迷路3小时了。我的脑海中闪过一个念头："他会不会是认知症患者？"但当时已经到车站了，于是我问道："您现在认得路了吗？"男子说："啊，认得了，认得了。"

但是他的眼神飘忽不定，一个劲儿四下张望。我觉得不能放任不管，于是询问了他的住址，他流利地报出了路名和门牌号。我用手机查看地图后发现，他家所在的路离我们相遇的地点仅100米，且和车站是反方向。

送这名男子回家的途中，他还说着"我认得了、认得了"，但没多少说服力。我们来到了通往他家的小路前，我问道："是这附近吧？"他只是呆呆地看着小路前方，一动不动。走进小路后，便能看到一栋老旧的独栋平房，男子道："就是这里。谢谢。"从口袋里掏出钥匙开门，进了家门。从状况来看，很难不认为这名男子是明显患有认知症。第二天，我打电话联系了地区综合援助中心，告知了有关情况，这是我力所能及的事。

在对认知症患者走失问题的取材过程中，我也从记者们那里了解到许多反映严峻现实情况的故事，但这次经历还是让我着实吃了一惊。这名男子的外表、步态看上去都很普通，乍一看怎么都想不到他是认知症患者。而且，他竟然是在自己熟悉的街区迷了路，而不是在陌生的场所。

也许我的身边也曾有过这样的老年人，只是我没有注意到罢了。许许多多这样的人没有被社会注意到，最终失踪甚至死亡，此类事件并不鲜见。我真切体会到了这一问题不仅严重，而且就发生在我们的日常生活之中，同时，我也看到了社会制度中赫然裂开的破洞。

这一次，我们对全国约400户家庭进行了采访，这些家庭都看护着有失踪经历的认知症患者。在取材过程中，我们感受到的问题之一是，对认知症的偏见至今仍未消除。约10年前，废除"痴呆"、改用"认知症"的理由之一就是前者含有侮辱性意味。潜在及已确诊的认知症患者已超过了800万人，老年人中每4人就有1名认知症患者。谁都有可能患上认知症，从现实的情况来看，这一疾病很难预防。

但是，在偏见尚存的今天，不少人因惧怕偏见而不敢对周围的人说出家人是认知症患者。于是他们在地区中陷入孤立、无处求助，最终精疲力竭，我们在采访过程中遇到过许多这样的患者家属。甚至有名家属为了防止患者外出，在玄关上了三道锁，再给大门挂上铁链。

不仅是在日本国内，认知症已经渐渐成为世界性的问题。国际阿尔茨海默病协会的数据显示，截至2013年，全世界的患者人数预计达到了4 400万人。到2050年，随着各国老龄化的进展，这一数字将增加约两倍，超过1.3亿人。其中，WHO（世界卫生组织）的负责人正在关注先于他国进入超老龄化社会的日本是怎样应对认知症问题的。日本于2015年公布的"认知症对策推进综合战略"（新橙色计划）中提到的7项主要对策中，第一项就是要增强社会对认知症的理解，推进相关知识的普及及启蒙。加强医疗及看护的体制建设固然重要，但为了消除根深蒂固的偏见，行政方面需要推出更具实效性的对策，这样才会有更多市民积极地参与到认知症的应对中来。

对于此次在认知症患者失踪问题的取材中新了解到的实际情况和问题，我们在2014年4月到6月间进行了集中报道。

除了NHK特别节目以外，报道包括新闻原稿约60件、新闻企划（在新闻节目中用约10分钟的时间深度报道某一问题）17件。这些内容还通过广播及网络进行了传播。因为各种媒体的集中报道，国家和自治体开始推出各种各样的对策。此外，地方上也开始采取适用于当地的解决方案，比如开展向认知症患者搭话的训练等。

在采访过程中，经历过家人走失或死亡，以及至今仍在寻找失踪家人的患者家属们面对镜头，道出了现实的严峻，正是有了他们的配合，这一系列的报道才得以完成。对于他们而言，接受采访是需要很大的勇气的。

通过报道，我们或许也为协助我们的人提供了微薄之力，但认知症患者走失这一问题在现阶段仍未得到解决。有人至今还在寻找下落不明的家人。我们在取材中也发现了个人信息保护这道新的障碍。今后，包括失踪问题在内，我们会从各种角度持续报道认知症问题，这是我们肩负的责任。

最后，我想向给予本书出版机会的幻冬舍致以谢意。尤其是编辑小木田顺子和三宅花奈二位，她们不仅给予了诸多建议和意见，在我们较预定交稿时间大幅延迟时，也以莫大的耐心给予了我们鼓励。在此深表感谢。

NHK人事局副部长（取材当时为社会部副部长）

矢野良知

执笔者一览

津武圭介（NHK 报道局社会部 记者）——前言、第一章、第二章、第三章、专栏⑤

松木遥希子（NHK 报道局社会部 记者）——第四章、第五章、第六章、第七章、尾声、专栏②、专栏④

冈本基良（NHK 报道局社会部 记者）——第二章、第五章、第六章

后藤浩孝（NHK 报道局社会节目部 导演）——前言、第一章、第二章、第三章、第五章、要点解说、专栏①

三木佳世子（NHK 首都圈节目中心 导演）——第一章、尾声

佐藤俊英（NHK 报道局社会节目部 导演）——第三章、第四章、第六章

樱井义久（NHK 报道局社会节目部 总制片）——专栏③

矢野良知（NHK 人事局副部长 取材当时为社会部副部长）——结语

NHK特别节目《"认知症800万人"时代 走失的1万人 不为人知的游荡现状》制作人员表

旁　　白	柴田祐规子
取　　材	津武圭介　松木遥希子
	染谷亚纱子　冈本基良
摄　　影	米津诚司　赤山光石
声　　音	杉本亲是　内村刚
编　　辑	高桥均　樋口俊明　石井孝典
音响效果	定本正治
导　　演	后藤浩孝　三木佳世子
	佐藤俊英　马场洋辅
制作统筹	矢野良知　山筋敦史
	松本卓臣　海老原史
	樱井义久　滨崎宪一

NINCHISHO YUKUEFUMEISHA 1 MAN NIN NO SHOGEKI
Copyright © 2015 NHK
Chinese translation rights in simplified characters arranged with GENTOSHA INC.
through Japan UNI Agency, Inc., Tokyo

图字：09-2021-590号

图书在版编目（CIP）数据

失智失踪 / 日本 NHK 特别节目录制组著；石雯雯译.
—上海：上海译文出版社，2022.9
（译文纪实）
ISBN 978-7-5327-8950-4

Ⅰ.①失…　Ⅱ.①日…②石…　Ⅲ.①纪实文学—作
品集—日本—现代　Ⅳ.①I313.55

中国版本图书馆 CIP 数据核字（2022）第 106236 号

失智失踪：1 万走失老人与痛苦的家人
［日］NHK 特别节目录制组 / 著　石雯雯 / 译
责任编辑 / 常剑心　装帧设计 / 邵旻　观止堂_未氓

上海译文出版社有限公司出版、发行
网址：www.yiwen.com.cn
201101　上海市闵行区号景路 159 弄 B 座
上海信老印刷厂印刷

开本 890×1240　1/32　印张 7.5　插页 3　字数 104,000
2022 年 9 月第 1 版　2022 年 9 月第 1 次印刷
印数：00,001—10,000 册

ISBN 978-7-5327-8950-4/I·5552
定价：45.00 元